L'HOMME QUI REVINT DU DIABLE

La collection « Marginales » est dirigée
par Héléna & Samuel Autexier

Hommes en guerre, Andreas Latzko (Nouvelles traduites
de l'allemand par M. Wachendorff & H-F. Blanc)

Le Royaume des bois d'élans, Ingela Strandberg
(Poèmes traduits du suédois par Virginie Büschel)

Titre original :
The Men who Came in from the Back of Beyond
© *'Biyi Bandele Thomas*, 1989

© *Titanic, 1995 pour la traduction française*

© *Agone Éditeur, 1999 pour la présente édition*
Coédition, *Comeau & Nadeau Éditeurs*

ISBN FRANCE : 2-910846-19-9
ISBN CANADA : 2-922494-14-4

'BIYI BANDELE-THOMAS

L'HOMME
QUI REVINT DU DIABLE

Roman traduit de l'anglais par Henri-Frédéric Blanc

Agone
Comeau & Nadeau

Première partie

*I*L MARCHAIT comme un spectre, comme un homme dans un cauchemar. La première fois que je le vis, je crus avoir devant moi un condamné à mort qui s'avançait vers la potence. Peut-être ce don de faire s'épanouir en vous les plus funestes images lui venait-il de son corps rachitique et déficitaire : c'était un petit bout d'homme droit comme un épi de maïs et maigre comme un bâton d'aveugle. Par-dessus le marché, la piteuse coquille de noix qui lui tenait lieu de tête n'avait rien de folichon ; quant à son anachronique raie au milieu, elle ne pouvait qu'aggraver son cas. Du reste, il n'avait pas encore fêté son trentième hivernage que ses cheveux lui faisaient un vrai petit chaperon blanc. Parfois, en le voyant, la chemise enfournée dans son pantalon, sandales aux pieds, désastreux, serrant délicatement un chaos de livres contre lui, clignant ses yeux humides derrière d'épaisses lunettes, on éprouvait le sentiment que cet homme n'avait

5

jamais eu d'enfance ; qu'il était né vieux. Il s'appelait Maude mais nous l'appelions Pithécanthrope, ou encore Primatus, car un jour il avait commis l'erreur de nous lire un obscur poème de lui, intitulé *Fossiles et Monolithes*, dans lequel il s'efforçait de prouver que l'humanité avait encore un grand effort à faire pour sortir de l'ère des ténèbres. Inutile de dire que ce poème nous était passé au-dessus de la tête ; nous n'en avions pas compris un mot.

Il enseignait la langue et la littérature anglaises en seconde, mais ce que sans le savoir il nous a vraiment appris, c'est que si l'on passait ses jours et ses nuits à avaler des livres, à pondre des vers et à corriger d'illisibles dissertations d'illettrés, on tournait gâteux avant la trentaine.

Un jour ordinaire, quand il n'était pas *crisé* au point de se précipiter dans la forêt – pour y marcher parfois une journée entière –, il surgissait dans le laboratoire de littérature (comme nous appelions la salle de classe) à l'heure pile fixée sur son emploi du temps. Jamais une minute de retard, jamais une minute d'avance. Il entrait en coup de vent, ses yeux sous verre opiniâtrement plissés, fixes comme ceux d'un serpent à sonnette prêt à frapper, et les lèvres pareilles à la ligne de démarcation entre deux pays ennemis. Sachant que cela l'horripilait, on se faisait un devoir de se lever pour le saluer chaque fois qu'il entrait en classe. Naturellement, il dédaignait nos salutations et se dirigeait droit vers le tableau en marmonnant un sombre galimatias que nous avions baptisé « le langage du Primate :

étude philologique de l'âge de pierre ».

Ce qui précipitait aussi Primatus dans la caverne de la colère, c'était le bruit du rire. De notre rire. « Le bruit du rire collectif de cette classe n'est en aucune manière la prime chose qu'un être normalement constitué a envie d'entendre le matin, nous dit-il un jour. Vos rires me font irrésistiblement penser à un salon funéraire. Ou mieux : à une locomotive moribonde remontant péniblement la côte de Kutiwenji. » Cela nous piqua au vif ; à partir de ce jour-là, nous nous gardâmes bien de le faire penser à autre chose quand il nous faisait cours. Une locomotive moribonde montant vers Kutiwenji. Quelle merveilleuse image !

Tous les jours, fragile et fier, il entrait en classe et fusait vers le tableau pour inscrire le sujet du cours. Par exemple, *Les figures de style : métaphores et comparaisons*.

Comme nous les avions déjà étudiées l'année précédente, nul besoin d'explications préliminaires.

— Qu'est-ce qu'une comparaison ? nous demanda Primatus en prenant une pose théâtrale devant le tableau.

— Une figure de style, lança une voix innocente.

Gloussements.

— Tiens donc ! Une figure de style ! tonna Primatus de son étrange voix de stentor. Qu'est-ce que vous croyiez que c'était, une formule mathématique ? Et levez-vous quand je vous parle, espèce d'aberration sinusoïdale dans une série de lignes verticales ! Votre stupidité infinie n'a d'égale que votre infinie stupidité !

7

Autour de la cible de cette tirade se fit entendre un chœur de joyeux « bravo ! ».

— Vous, là-bas !

Il désigna un autre élève. Il choisissait toujours les nullocrates les plus distingués.

— Une comparaison c'est quand on dit qu'un truc ressemble à un machin, proposa la nouvelle victime.

— Ah bon ! Très bien. J'envie votre esprit hautement philosophique. Si une comparaison c'est dire qu'un truc ressemble à un machin, pouvez-vous m'expliquer comment vous vous y prendriez pour dire qu'un machin ressemble à un truc ?

— Je sais pas, m'sieur.

— Merci beaucoup, Pauline. Je vous saurai gré de rester assise jusqu'au moment où une nouvelle occasion se présentera de nous abreuver à la source de votre grande sagesse.

— Oui, m'sieur.

— Juste un petit mot, Pauline. L'erreur est humaine, j'en conviens, mais pour vasouiller ainsi dans le marécage de l'ignorance, il faut avoir la cervelle précocement empantouflée et l'aiguille de la comprenette définitivement bloquée sur zéro. Vous là-bas !

— Moi, m'sieur ? demanda Yau, mon meilleur ami.

— Oui, vous. Le crétin en soi.

— Je peux consulter mes notes, m'sieur ? Juste un instant…

— Vos notes ? Pourquoi ?

— Parce que je crois pas ce que me dit ma mémoire, m'sieur.

— Et peut-on savoir ce qu'elle vous dit,

8

votre mémoire ? (Primatus marqua un temps avant d'ajouter, sarcastique :) monsieur Yau ?

— Rien, m'sieur. Y a rien dessus, comme un bulletin de loto vierge.

— Répétez-moi ça ! fit Primatus dans un rugissement de volupté en écrivant fébrilement au tableau, ses lunettes pendouillant au bout du nez, les yeux clignant sous l'effort.

— J'ai dit que ma mémoire, y a rien dessus comme…

Yau nous regarda tous, ahuri.

— … un bulletin de loto vierge ! compléta Primatus en plein transport d'allégresse tandis que sa craie dansait sur le tableau. Bon, chère classe, reprit-il, quelle figure de style est utilisée dans cette phrase ?… Une métaphore ?… Une comparaison ?…

Trente-cinq doigts se levèrent aussitôt.

— M'sieur, c'est un oxymoron !

— Mais non, espèce de crétin baveux, ce n'est pas un oxymoron, s'écria un autre élève.

— Une métonymie.

— Non Pauline, c'est un paradoxe.

— Tu veux dire une parabole.

— Vous y comprenez vraiment rien, c'est une synecdoque.

— C'est une antithèse !

— Une antonomase !

— Une apostrophe.

— Un dénouement.

— Une litote.

— C'est une épithète.

— Une allitération.

— Un euphémisme.

— De la rhétorique.

9

— Un aphorisme.

— Un apophtegme.

— Une onomatopute.

— Une hyperbole.

— Une assonance.

Un élève qualifia même la phrase de ballade. Primatus était à un doigt de la camisole. Les yeux hors de la tête, il tempêtait à travers la classe, balançant des coups de pied à tout ce qui se trouvait sur son passage, tapant sur les bureaux, tremblant, vouant notre âme au diable, maudissant nos géniteurs.

— Mais vous savez rien ! Vous savez rien ! gémissait-il. (Puis, il se corrigea :) Vous *ne* savez rien !

Il finit par s'arrêter près de mon bureau ; ses narines poilues vibraient ainsi qu'un buisson battu par la tempête, son haleine fétide me cinglait comme la lanière d'un fouet. J'étais au bord du fou rire. Tournant un regard suppliant vers mon visage innocent, Primatus me demanda :

— Vous êtes d'accord avec moi, Lakemf, pas vrai, que cette phrase au tableau, cette simple phrase, est une comparaison, non ?

— Si vous le dites, m'sieur.

— Si je le dis ? Qu'est-ce que ça veut dire « si vous le dites » ? Est-ce une comparaison ou n'est-ce point une comparaison ?

— C'est une comparaison, m'sieur.

— Mais oui mon garçon, c'est bien une comparaison, annonça Primatus triomphant. Et pourquoi, je vous prie, est-ce une comparaison ?

— Parce que vous le dites, m'sieur.

La classe explosa.

— Supposez que je n'aie rien dit, comment l'eussiez-vous donc appelée ?

Il ne voulait pas lâcher le morceau, son nez recommençait à trembler.

Je restai un instant silencieux avant de lui assener :

— Une épithète, m'sieur, voilà ce que j'*eus* dit que ce *fusse* !

Primatus rugit. Je plongeai sous mon bureau, esquivant juste à temps sa patte exaspérée.

Il signala notre classe au directeur qui fit appeler le « sergent d'école » pour nous donner six coups de baguette chacun. Le vieux ne trouvait pas drôle qu'on pousse aux larmes un professeur (même si celui-là il ne pouvait pas le pifer) simplement parce que nous jugions son enseignement au-dessous de notre niveau.

Quelques semaines plus tard, Primatus nous rendit la monnaie de notre pièce. Un après-midi, après un nouveau fiasco, il nous dit qu'il regrettait de nous avoir ennuyés l'autre fois en nous proposant un sujet beaucoup trop facile. Eh bien, il allait maintenant nous en donner un de notre niveau.

— Puisque vous allez rentrer ce week-end, vous lirez *Madmen and Specialists* de Wole Soyinka. Lundi, vous me rendrez un exposé de cinq cents mots sur cette pièce. En vertu du nouveau règlement sur le contrôle continu, vos notes compteront pour l'examen.

Le lundi, de retour à l'internat, je découvris que je n'étais pas le seul à n'avoir pas fait mon devoir : aucun d'entre nous n'en avait écrit le moindre mot. Nous n'étions même pas arrivés à comprendre le sujet de la pièce.

Les uns disaient qu'elle abordait le thème de la mendicité, d'autres celui de la guerre, ou du cannibalisme, ou encore du parricide. Finalement, nous partîmes en troupe pour le bureau du directeur afin d'y déposer une plainte : le professeur d'anglais nous donnait des devoirs sur des œuvres beaucoup trop difficiles dans l'intention perfide de nous faire échouer à l'examen.

Calmement, le directeur appuya sur l'interphone et s'adressa à sa secrétaire.

— Miss Osiso, chanta-t-il, vous seriez gentille de m'appeler le « sergent ».

Malgré tout, Primatus était le professeur que nous appréciions le plus. Seulement il semblait si vulnérable que nous autres, farçologues-nés, ne résistions jamais à l'envie d'égratigner cet homme trop fragile, pétri de mystérieuses susceptibilités.

Je ne me rappelle ni quand ni pourquoi il m'invita pour la première fois chez lui, dans son appartement de fonction, en revanche je me souviens bien d'en avoir été flatté : Primatus n'y avait jamais invité personne, ni professeur ni élève de l'un ou l'autre sexe. Je sais à présent qu'il ne cherchait pas à les snober, simplement il ne se sentait pas appartenir au même monde qu'eux. Il était surtout incapable de sympathiser avec ses collègues.

Il était célibataire et les femmes ne l'intéressaient pas. Il ne buvait jamais et ne supportait pas les fumeurs. Il n'était ni homosexuel ni pervers. Il ne jouait pas au foot, ignorait ce qu'était un avant-centre et ne regardait même pas les matchs de ce sport ô combien populaire. Il ne possédait pas de voiture – il avait peur de conduire – ni d'animaux domestiques, hormis un serpent vert à la sale gueule mais tout à fait inoffensif qui avait la déplaisante habitude d'aller se fourrer chez les voisins. Ce serpent semblait avoir un faible pour les enfants en bas âge ; un jour, la femme du sous-directeur le découvrit en train de lécher maternellement le visage de son bébé qui dormait dans son berceau au milieu du jardin. Elle qui était restée six ans stérile dans le lit conjugal sous l'œil accusateur de son mari avant que Dieu, grâce à l'intercession d'un prêtre d'Aladura, ne daignât exaucer ses prières, ne put que jeter un regard incrédule sur ce spectacle d'horreur : un *machiji**, un *gobe de nisa*, un sans-pattes, un maître rampeur, un glisse-froid, dressé pour injecter son venin mortel dans les veines de son petit lapin en sucre ! Son enfant unique ! Quel péché mortel avait donc commis sa propre mère pour qu'elle, sa fille par la grâce du mystère infini de l'Éternel, dût à présent l'expier ? Ni une ni deux, elle s'évanouit. Elle ne revint à elle que trois jours plus tard ; brûlante de fièvre, elle gémissait : « Mon Dieu, mon Dieu, qu'ai-je donc fait pour mériter ça ? »

Sévèrement réprimandé, Primatus aurait sans doute été mis à la porte si le professeur de biologie n'était opportunément tombé du ciel et n'avait pris fait et cause pour lui ; armé de son savoir, il déclara le serpent vert inoffensif – le qualifiant doctement de « *colubrinus* non venimeux » – mais surtout s'avéra être le neveu par la cuisse gauche ou droite (enfin, quelque chose dans ce goût-là) du sous-directeur.

Ce professeur de biologie était le seul avec qui Primatus avait pu ou voulu nouer une relation presque amicale.

Autrement, Maude semblait prédisposé à patauger dans un marais de mépris, sous les piqûres d'un essaim d'ennemis. Le plus toxique était le professeur d'histoire sainte qui faisait aussi office d'aumônier et qui ne se gênait pas pour traiter Maude d'antéchrist, de démon, d'athée dépravé et… d'autres termes un rien abusifs.

Il ne fallait pas chercher bien loin la raison de son hostilité : c'était un secret de Polichinelle que, masqué d'un pseudonyme, Maude commettait régulièrement des articles pour une revue de haut étage financée par quelques grosses têtes sans foi ni loi. Il y paraissait des choses intitulées par exemple : *Dieu et consorts, analyse d'une calamiteuse imposture.*

L'aumônier, qui appartenait à l'ordre du Feu et du Soufre, avait été nourri du principe que l'amendement d'un pécheur ne dépend pas de la haine dont on fait preuve à son égard mais à l'égard de ses péchés. Cependant, après avoir lu les articles de Maude, l'aumônier était prêt à faire une exception : cet homme étant le diable incarné, tout amour pour lui conduirait à la damnation. Il avait alors adressé pétition sur pétition au directeur afin d'obtenir la mutation « d'un certain membre du personnel » qui représentait un « tremplin de perdition » pour les élèves.

Lorsqu'un matin le directeur annonça que le compagnon « non venimeux » de Maude avait disparu, tout le monde remarqua que le professeur d'histoire sainte se jeta aussitôt dans un sermon truffé de citations bibliques qui insistaient sur le devoir d'anéantir impitoyablement la tentation. Pour la représenter, il fit allusion au serpent du jardin d'Éden. Nous interprétâmes ce sermon comme un aveu du meurtre de l'innocent *colubrinus* et nous fîmes un chahut monstre contre l'aumônier, tant nous aimions voir notre farfelu de prof partir le soir pour sa petite promenade quotidienne dans la forêt, son serpent vert autour du cou.

Même plus tard, lorsqu'on retrouva à proximité de la voie ferrée le serpent sauvagement écrasé, sans aucun doute par un rapide (montant vers Kutiwenji, railla Yau), notre certitude que l'aumônier avait une responsabilité dans le décès du reptile n'en fut pas ébranlée pour autant.

Si Primatus souffrit de la disparition de son compagnon à écailles, il ne le montra pas. Après l'enterrement (eh bien oui, le serpent eut droit à des funérailles décentes) il n'en parla jamais plus. Mais quoi que l'expression pensive de son visage ne s'accentuât pas et que ses rides précoces ne se creusassent pas outre mesure, il devint plus distrait, plus absent. Il lui arrivait de se servir de son mouchoir, voire du dos de sa main pour effacer le tableau, à moins qu'il ne fourrât le chiffon dans sa poche à la place de son mouchoir. Inutile de dire que nous trouvions tout cela très rigolo. Il fit par la suite l'acquisition d'un aquarium géant à deux bassins dans lequel il éleva, attention les mains, deux petits requins.

Au début, lorsqu'il m'invitait chez lui, nous parlions peu : terrorisé et ravi, la langue paralysée, je m'efforçais de découvrir les raisons de sa soudaine amitié pour moi ; quant à lui, il n'était pas habitué à faire la causette. Je ne fus pas déçu par son appartement. Dans son séjour, des meubles en raphia étaient disposés sur un sol nu, laborieusement propre : deux ou trois chaises basses, une table et des tabourets ; au mur une modeste étagère presque vide, et une autre supportant un petit poste de télévision, un vieux tourne-disque avec radio incorporée, des disques de jazz, de musique africaine, de folk, deux haut-parleurs grisâtres et une guitare. Des tableaux finement exécutés mais strictement indéfinissables étaient accrochés aux murs austères : l'un d'eux représentait la silhouette d'un *Fulfulde* faisant paître son troupeau au bord d'un ruisseau ; un autre, à la peinture acrylique, un couple scrutant une route infinie ; une aquarelle montrait une jeune gueuse avec deux enfants attendant désespérément un train dans une gare ; il y avait aussi un polychrome abstrait intitulé *Éruption volcanique d'une idée bleue,* ainsi qu'une autre peinture non figurative, *Échappées glaciales,* représentant une diaspora de racines d'arbres qui avaient explosé dans tous les sens pour converger irrésistiblement en une seule, au centre.

Face à l'étagère séparant le salon de la salle à manger qui servait aussi de bureau, se trouvait l'aquarium à double bassin illuminé où les deux requins heurtaient du nez la cloison en verre avec une limpide hostilité. Rien n'aurait pu leur faire plus plaisir que de trouver un moyen de vaincre ce mur de Berlin transparent pour se jeter sur leur prochain, histoire de lui apprendre les manières.

Au mur brillait une pendule à quartz bon marché qui égrenait les heures comme les grains d'un chapelet.

Lors de mes toutes premières visites, je m'asseyais pour regarder une émission au hasard parmi le ragoût de programmes barbifiants dont la National Television Authority nous gavait avec la plus mielleuse tyrannie. Puis il mettait un disque de jazz, musique que j'abominais au début mais que je finis par apprécier. Il m'invitait ensuite à dîner et je déclinais l'invitation. Après quoi il se plongeait dans un livre et, invariablement, m'oubliait de la tête aux pieds. Parfois, je filais sans bruit et il n'entendait même pas le « bonsoir m'sieur » que je chuchotais.

Mes nouveaux rapports avec lui ne m'emballaient pas car je ne pouvais plus prendre part au rituel de la classe qui consistait à lui faire s'arracher les cheveux. Non, plus possible pour moi de m'associer à mes camarades pour pousser à bout notre mystérieux paquet d'os, ni de m'esclaffer lorsque l'un d'entre nous avait décidé de tester sur lui sa dernière farce.

Un dimanche, sous prétexte de lui dire bonjour, en réalité pour regarder la rediffusion d'un vieux match de Coupe du monde, je passai chez lui. Maude (il insistait à présent pour que je l'appelle ainsi) était attablé devant un verre d'eau et une assiette contenant des tranches de papaye impeccablement coupées. C'était là son petit déjeuner – son brunch plutôt, d'après ce que je compris par la suite. J'avais déjà assisté à son dîner qui se composait depuis toujours et à jamais d'un bol de riz rikiki accompagné d'un verre de jus d'orange.

Ce dimanche matin, au sortir de l'église, heureux d'être absous de mes fautes hebdomadaires et projetant allégrement une descente dans le poulailler de l'école pour y dérober un poulet ou deux, je m'étonnai de la sobriété de Maude.

— Excusez-moi, m'sieur, dis-je, bien qu'il m'eût recommandé de ne plus l'appeler « monsieur » en privé, avez-vous une théorie contre la nourriture ?

— Pourquoi cette question ? demanda-t-il.

— Vous ne mangez presque rien. Votre médecin vous a prescrit un régime ?

— Mon médecin ? Mort de ma vie, non ! Je crois simplement à cette vieille idée qu'il faut manger pour vivre et non vivre pour manger.

— Mais m'sieur, est-ce vraiment là manger pour vivre ? Ce ne serait pas plutôt mourir de faim ?

— Tu penses ? (Il but une gorgée d'eau.) Regarde-toi, regarde-moi. Considérons ce truc que nous appelons notre corps. Pourquoi, lorsque nous nous regardons dans un miroir, nous trouvons-nous maigre ou gros, laid ou beau ? Est-ce nous que nous voyons dans la glace, ou plutôt le récipient que nous occupons provisoirement ? Si c'est le cas, ne devrions-nous pas nous intéresser davantage à cette chose mystérieuse à l'intérieur de la marmite, à ce moi authentique qui constitue véritablement notre conscience ? Et ce moi authentique c'est notre esprit, qui nous relie avec ce que nous appelons l'âme.

— Vous voulez dire que nous devrions négliger notre corps, refuser de manger, de nous laver, pour la simple raison que le corps n'est en quelque sorte qu'un ustensile, une demeure provisoire ?

— Non. Personne ne te conseille de le négliger. Je dis que tu ne devrais pas accorder une attention excessive aux plaisirs de la chair. Au lieu de te bourrer l'estomac, tu ferais mieux de te nourrir l'esprit avec de hautes pensées.

— Comme vous ?

— Non, pas toujours, avoua-t-il avec une pointe de regret. Parfois, je chois dans la colère, je le reconnais, en particulier dans ta classe.

Je ne pipai mot.

— Dis-moi, poursuivit-il, pourquoi faites-vous continuellement les imbéciles ? (Sans attendre ma réponse, il ajouta en soupirant :) Oh, je sais, j'ai été élève moi aussi !

— Ah bon ? m'exclamai-je.

La présentatrice parut à l'antenne et annonça qu'en raison d'un incident technique la direction des programmes regrettait de ne pouvoir rediffuser le match prévu.

— Est-ce que je te donne l'impression d'être un autodidacte ? demanda Maude brusquement.

J'étais incapable de répondre. Que pouvait bien être un autodidacte ?

— Eh bien, d'une certaine façon, j'en suis un. J'ai quitté l'école à seize ans.

— Vous n'avez pas terminé vos études secondaires ?

— Non, je n'en avais pas les moyens.

— Ah bon…

Il commençait à s'animer.

— À seize ans, je n'étais qu'en cinquième et ma mère ne pouvait plus payer mes frais de scolarité : elle était malade, incapable de travailler, et de toute façon je devais rester à la maison pour m'occuper d'elle.

— Et votre père ? demandai-je en toute innocence – car à cette époque l'infecte puanteur du monde ne m'avait pas encore atteint.

Maude eut un petit sourire. Il me regarda comme s'il se demandait s'il pouvait ou non me faire confiance. Puis, semblant jeter sa pudeur en enfer, il me dit sans ciller :

— En termes juridiques, j'étais un bâtard. Un philosophe contesterait l'emploi de ce mot. Je n'ai jamais connu mon père et je crois que ma mère ignorait aussi qui il était. Tu comprends, c'était une prostituée.

J'eus soudain l'impression que le filament de l'ampoule se brisait, que l'image de la télé devenait floue, que l'*Éruption volcanique d'une idée bleue* avait un sens, que le sol allait se dérober sous mes pieds pour m'avaler, bref j'en restais comme deux ronds de flan.

— Tu es choqué ? s'enquit Maude. Tu ne devrais pas. Au début j'avais terriblement honte de ma mère, de son métier, mais par la suite j'ai compris qu'il ne fallait pas. C'était ma mère. Et c'était une femme merveilleuse. Plus merveilleuse que n'importe quel saint ou philosophe. Je me souviens encore du parfum de son corps. Un parfum sucré qui s'élevait dans l'air telles des volutes de fumée. Je croyais que c'était un parfum indien. Mais à présent, je sais que non. C'était une odeur de transpiration mêlée à celle de la peur. Et de l'angoisse qu'elle éprouvait pour moi, son fils unique.

— Mais pourquoi…

— … elle se prostituait ?

Je hochai la tête.

Maude jouait mollement avec un crayon sur la table.

— Son père était receveur de bus, à l'époque où les *Molues* n'existaient pas encore et où les *bolekaja* étaient les rois de la route. Ma grand-mère maternelle vendait des boulettes d'*akara*. Ils étaient quinze dans la famille, et même si parfois ils allaient se coucher avec la faim au ventre, ils étaient unis. Chez les pauvres, l'homme est la joie de l'homme. Puis il y eut ces troubles politiques, au début des années soixante. Les conflits interethniques. L'époque des attentats. Le père de ma mère, un gobe-mouches qui ne voyait pas plus loin que son prochain repas, fut engagé comme nervi par l'un des partis politiques pour une somme dix fois supérieure à son salaire de receveur. Le travail était simple, il s'agissait de saccager ou d'incendier les biens des partis rivaux. Et, de temps à autre, d'éteindre une ou deux pauvres vies. Bien sûr, les réactions étaient promptes. Représailles immédiates. Un jour, ou plutôt une nuit, à Ajegunle, pendant que l'ex-receveur dormait avec sa famille dans leur petite case, un inconnu s'est approché à pas de loup et a arrosé la case d'essence. Puis, reculant de quelques pas, il a craqué une allumette.

Maude détourna le regard vers l'écran de télé.

— Seule ma mère a survécu. Le reste de la famille ? Tous morts. Comme des mouches dans un incinérateur. Ils ont brûlé comme des cadavres sur un bûcher en Inde… Ma mère s'est enfuie. Aucun de ses parents ne voulut la recueillir. Tous persuadés qu'elle était maudite. Alors elle est montée dans le premier train. Elle voulait partir le plus loin possible de Lagos. C'est ainsi qu'elle a échoué à Jos. Dans le Nord. Avec exactement dix shillings sur elle. C'était beaucoup à l'époque. Elle a vécu deux mois sur cette somme, et puis elle s'est retrouvée à sec. Impossible de trouver du travail comme employée de maison ou autre, on ne la connaissait pas, elle n'avait pas de références et personne ne pouvait s'offrir le luxe de faire confiance à une inconnue. Une prostituée, par contre, n'a pas besoin d'être recommandée. Voilà pourquoi ma mère, à treize ans, vierge comme l'aurore, s'est mise à faire des passes pour vivre. J'ai été conçu peu de temps après. Je suis un accident. Un accident de novice. Elle a tout fait pour se débarrasser de moi. Elle a avalé quantité d'infusions, des tas de potions – rien à faire. Elle a haussé les épaules et s'est dit : « S'il doit venir, qu'il vienne. » Sept mois plus tard, je suis venu. En plus je suis prématuré. Mais j'ai survécu et elle m'a aimé depuis le premier jour.

« Quand elle est morte, j'allais sur mes dix-neuf ans. J'en avais seize lorsqu'elle est tombée malade. Un cancer du sein. Pendant trois ans,

elle a livré une bataille courageuse mais vaine.
Je l'ai vue dépérir sans pouvoir rien faire. Elle
se desséchait peu à peu sous mes yeux. Elle a
vieilli en l'espace d'une nuit. Elle est devenue
comme un bébé. Elle ne pouvait rien manger
de solide et ne contrôlait plus ses intestins. Ses
lèvres tremblantes, craquelées comme un *okra*
sec, marmonnaient des mots fébriles, on
aurait dit un langage secret. Et puis son teint
est devenu cadavérique, sa peau s'est mise à
tomber comme le plâtre d'un mur. Le cancer
a gagné ses membres. Il ne lui restait que les
yeux et elle n'y voyait presque plus. Finalement, le mal a atteint le cerveau. Zombifiée,
elle était. À ses côtés, impuissant, je regardais
la mort se pavaner et la faire glisser peu à peu
dans la tombe. Trois jours avant la fin, je sentais déjà l'odeur de la mort sur elle. Une odeur
étrange, comme celle d'une couverture
mouillée qui n'a pas complètement séché au
soleil. Une odeur sans nom, terrible, dans
laquelle je baignais, qui me collait à la peau
quand je la serrais contre moi en l'implorant :
« Maman, maman, ne t'en va pas ! » Elle a
rendu l'âme un après-midi, tandis que je
buvais une calebassée de *fura de nono*. Le
silence s'est abattu sur la pièce comme si
j'étais devenu sourd. Le sourire des morts, elle
ne l'avait pas.

« Je l'ai revêtue de ses plus beaux habits,
aspergée d'un parfum bon marché et j'ai placé
son corps dans un cercueil rudimentaire que
j'avais fait moi-même parce que je n'avais pas
de quoi pour un menuisier. Nous l'avons
enterrée cette nuit-là, quelques-unes de ses

collègues de trottoir et moi. Puis j'ai fait mon sac et j'ai pris la route. »

Les yeux humides, je regardais l'écran devant moi. On passait une comédie minable. Les acteurs racontaient n'importe quoi dans un langage qui ne ressemblait à rien. Un simple exercice de vulgarité.

— Mais comment avez-vous subsisté pendant la maladie de votre mère ? Je veux dire, il faut de l'argent, comment avez-vous pu vivre ?

— Vivre c'est un trop grand mot, nous avons simplement survécu. J'étais un spécialiste de la distillation de l'*ogogoro*. Ma mère m'avait enseigné cet art, tu vois. Elle l'avait toujours pratiqué pour arrondir ses fins de mois. Un travail au noir, si tu veux. Sauf que son travail au noir, elle le faisait le jour, et que son vrai travail elle le faisait dans le noir.

Il dit cela avec un calme parfait.

— Donc, quand la maladie a frappé et que l'argent ne rentrait plus, je me suis lancé tout simplement dans la distillation illicite de gin. Je connaissais un petit débit clandestin où je pouvais écouler mon alcool, et crois-moi, mon *ogogoro* n'était pas piqué des sauterelles. En fait, je m'en sortais pas mal du tout.

— Et où êtes-vous allé quand vous avez quitté Jos ?

— Là où le vent me poussait, pour ainsi dire. Vagabond vagabondant. En route, toujours en route. Et souvent en prison. « Tu ne vas nulle part ? Au trou ! » J'étais coupable de bougeotte. Mais j'ai continué. Comme dans cette vieille chanson jamaïcaine : *Y a rien d'meilleur pour moi qu'd'aller là où j'suis pas...*

C'est au cours de ces quatre années de pérégrinations que m'est venu le démon des livres. J'ai commencé par une bible : on me l'avait donnée un soir, à Onitsha, où j'étais tombé sur un groupe qui prêchait la bonne parole. Je l'ai lue du début à la fin. Puis ça m'a pris comme une passion. La rage de lire. N'importe quoi, mon Dieu, n'importe quoi. En français, en anglais, en haoussa, en ibo, en yoruba… Ah, quelle soif de lecture j'avais !… Je n'ai pas tardé à me mettre à écrire des poèmes, des nouvelles et même un roman que je n'ai jamais terminé. Je m'étais trouvé un endroit à moi : la page blanche. Enfin chez moi, enfin libre, libre de mordre, de piquer, de maudire, de me venger de la vie, de crier mon sentiment de totale solitude. Je griffonnais comme un homme traqué, vite, vite, avec fièvre. La nuit, je ne dormais plus. J'écrivais à la désespérée, le couteau sous la gorge, comme si chaque phrase était la dernière, comme un homme portant le san-benito.

À la télé, la comédie tartignolle sévissait toujours. Des plaisanteries consternantes s'accumulaient, légères comme un vol d'hippopotames. Oublieux du dialogue insipide de l'auteur, les acteurs improvisaient en essayant d'aller le plus loin possible dans le néant.

— Qu'est-ce qu'un homme portant le san-benito ? demandai-je.

— Un condamné sous l'Inquisition. Un apostat à qui on laissait généreusement le choix entre l'abjuration ou le bûcher.

Voilà exactement à quoi il ressemblait : à un condamné au bûcher.

— Comme j'ai dit, je ne restais jamais long-temps au même endroit. Un jour à Ibadan, l'autre à Aba, une semaine en Côte-d'Ivoire, le mois suivant au Ghana. Je faisais cireur de chaussures, crieur de journaux, vendeur de hamburgers, vendeur de glaces, éboueur, manœuvre, receveur d'autobus, et même voleur.

J'écarquillai les yeux.

— Voleur ?

— Parfaitement, voleur. Mais attention, rien de très sérieux. Un sac par-ci, un portefeuille par-là. Faire les poches n'est pas seulement un délit, tu sais, c'est un art de haute précision, une science où tout doit être calculé au milli-mètre près. Tiens, prends mon maître, par exemple : il arrivait à te voler tes chaussettes sans t'enlever les chaussures. « De la douceur avant toute chose, il nous répétait, et de la patience, les enfants, de la patience, la patience est la clé de chaque poche. » Et crois-moi, ce type c'était la patience en personne. Un jour, nous pistions un homme d'affaires qui se ren-dait à Port Harcourt. De vrais escargots, les trains, à cette époque. Cinq ou six jours pour se rendre de Lagos à Port Harcourt. Mais mon maître a suivi son gibier quatre jours et cinq nuits. La cinquième nuit, tandis que la loco-motive, comme la tête d'un monstrueux rep-tile noir de suie, faisait son entrée dans Port Harcourt, il frappa. L'homme, qui n'avait pas osé fermer l'œil de tout le voyage, était en train d'empiler ses bagages avant de débarquer. Le wagon, comme tout ce qui roule au Nigeria, croulait sous son chargement humain. À peine pouvait-on bouger. Je me souviens encore d'un monsieur corpulent vêtu d'un costume croisé qui, au nom de la nature et de son droit à disposer de lui-même, s'est soulagé imperturbablement au beau milieu du wagon. Trois jours durant, le malheureux n'avait pas réussi à atteindre les toilettes. Aussitôt une odeur infecte a envahi le compartiment, mais la différence ne fut guère notable ; en fait, dans le domaine de la puanteur, on ne pourra jamais faire mieux qu'un train. Il m'apparut que ce moyen de locomotion était essentiellement emprunté par les couches de la population qui puent le plus. J'en faisais moi-même partie.

« Bref, le wagon était si bondé que remuer d'un pouce était un exploit. Et voilà que le train entrait en gare, fumant de toutes ses bouches. Le chaudron de sorcière qu'était notre wagon se mit à bouillir : tout le monde battait le rappel de ses bagages, étirait les jambes et bâillait de soulagement d'être enfin arrivé, et en un seul morceau. Alors, à cet instant magique de confusion totale, de chaos euphorique, mon maître sortit une lame de rasoir et pratiqua une intervention urgente sur le pantalon de sa victime avant de plonger délicatement deux doigts dans son caleçon et d'en retirer le butin qu'il m'a remis, que j'ai passé à un de nos complices, lequel l'a donné à un autre, et ainsi de suite. Le temps que l'homme d'affaires sonne l'alarme, l'argent se trouvait déjà quatre wagons plus loin.

« Mais un jour, à Lagos, à la gare routière Mile 2, j'ai décidé de me détourner du crime. Avec un copain nous avions vu une femme ouvrir son porte-monnaie à la poste centrale.

De beaux billets nous avaient affriandés. Nous ne l'avons plus lâchée. De la Mission au champ de courses, du champ de courses à Tinubu, de Tinubu à Idumota, d'Idumota à Orile, d'Orile directement à Oshodi, enfin à nouveau d'Oshodi à Orile jusqu'à la gare routière Mile 2. J'étais prêt à la suivre n'importe où, en enfer si elle voulait. Patience et douceur, telle était la règle, je le savais – mais pas mon copain. C'était un crétin survolté : le feu au cul et un pois chiche à la place du cerveau. Donc, à la gare routière, au lieu d'attendre pour voir où irait la femme, il lui arrache son sac et détale à toutes jambes. Jamais je n'oublierai la couleur de ce sac. Un truc bleu turquoise, un petit sac ordinaire avec un minuscule fermoir plaqué or. Quand mon copain le lui a arraché des mains, elle l'a regardé bouche bée, sans comprendre. Puis, levant les bras au ciel, elle s'est mise à hurler : « *Ole ! Ole ! E ba mi mu ole !* » Son appel au secours a été repris par tous ceux qui attendaient là. Deux ou trois Haoussas qui faisaient griller des *suya* et du *tsire* près du pont piéton ont crié : « *Barawo ! Barawo ! A kama barawo !* », abandonnant leurs brochettes pour se lancer à la poursuite du voleur. Il leur a mené la vie dure, mon copain, ça oui ! Mais à la fin, ils l'ont attrapé ; l'un des poursuivants a plongé pour lui barrer le passage et il est tombé comme un oiseau touché par un lance-pierres. Le sac a été rendu à sa propriétaire ; une grêle de coups s'est mise à pleuvoir sur mon copain : gifles, coups de pied, coups de tête, et j'en passe. Puis, l'un des justiciers qui ne s'était manifestement jamais autant amusé de sa vie a lancé d'un air goguenard : « *E wetie ! E je ki won wetie !!*» «Arrosons-le ! Il faut l'arroser !!» Alors un type est allé chercher un bidon d'essence, un autre a dégotté un vieux pneu chez le vulcanisateur d'à côté, puis, après l'avoir placé autour du cou de mon copain en guise de collier, ils l'ont arrosé d'essence et y ont mis le feu. Le pauvre a tout de suite perdu la raison ; transformé en torche vivante, il hurlait en courant dans tous les sens. Tout le monde s'est dispersé : cette populace invincible, pleine d'indignation et de colère, s'est mise à détaler pour sauver sa peau. « Suis pas encore mûr pour le cimetière ! », a dit quelqu'un près de moi en fuyant le brasier sur pattes. Enfin, mon copain a comme opiné de la tête, s'est écroulé au sol et a continué à griller doucement. La vie a repris son cours normal à la gare routière Mile 2. Le jour même, j'ai franchi la frontière direction Cotonou. Il fallait que je récupère un peu.

« Quelques semaines plus tard, alors que je faisais partie d'une voiturée pour Lagos, j'ai eu un accident : une collision de plein fouet avec un autre véhicule. Après une longue balade dans le coma, je me suis réveillé dans un hôpital de Lagos. J'étais bandé des pieds à la tête, le parfait mort-vivant prêt à semer la terreur.

« J'ai passé trois mois de convalescence à l'hôpital. N'ayant pas un *kobo* en poche, j'y vivais de ce qu'on me donnait. Jamais je ne me suis senti aussi malheureux, pas même quand ma mère se mourait devant moi. Ce n'était pas tant à cause de mes blessures que d'être obligé de demander l'aumône.

« Deux jours avant ma sortie de l'hôpital, un grand ponte, un de ces prétendus philanthropes partis de rien et qui possèdent trente-six mille entreprises, a débarqué à l'hôpital avec son cortège de journalistes pour souhaiter un joyeux Noël aux malades. Coup de chance, il a commencé sa visite par nous. Sous les flashes il passait d'un cas désespéré à l'autre en distribuant des cadeaux et en tenant des propos dignes d'être rapportés par les bave-mensonges qui le suivaient – *danburubanka !* – munis de carnets, de magnétophones et de caméras. Crispé sur mon lit, j'étais furieux de voir tout ce cirque (ou jaloux ? preuve alors que j'étais encore un être humain), et tandis qu'il s'approchait, une envie de poudre d'escampette me chatouilla les pieds.

« Le voilà à mon chevet. Son sourire de superstar me désarma, je l'avoue ; au fond, il n'est pas si diable qu'il est noir, me suis-je dit après qu'il m'eut remis mon paquet-cadeau, c'est peut-être même un bon zèbre. Les choses auraient pu en rester là, mais au moment où il allait *faire* le malade suivant, j'ai eu un coup de génie. Je me noyais dans la vie et voilà que passait une planche de salut ! « Excusez-moi, Votre Honneur ! m'écriai-je. (Son pied resta suspendu en l'air.) J'ai désespérément besoin de votre aide, ajoutai-je vivement. J'étais professeur dans un lycée de Porto-Novo, au Bénin. Je venais passer un week-end au pays lorsque j'ai eu cet accident, il y a trois mois. Je dois sortir de l'hôpital

dans deux jours mais je ne sais où aller. Si je
retourne à Porto-Novo où je travaillais, ils
vont me virer au moindre prétexte comme ils
l'ont déjà fait avec tous les professeurs étran-
gers. Je n'ai ni père, ni mère, ni frère chez qui
aller. Qui sait si ma femme et mon enfant ne
sont pas morts de faim là-bas ? Je vous en
prie, aidez-moi ! J'ai besoin d'un emploi ! »

« Après avoir déversé ce tombereau de men-
songes, je leur ai offert à tous, à lui et à ses
reporters, une exquise interprétation de cette
musique inimitable qu'on appelle les pleurs.
C'était tellement sublime que ça méritait un
bis. Après tout, c'était gratuit. Pas de billet
d'entrée à payer, cadeau de la maison. Alors le
grand gentil riche s'approcha de moi, posa
une main sur mon épaule et, tel Jésus de
Nazareth guérissant un paralytique, il dit :
« Que cessent tes larmes. En vérité, à partir
de cet instant, tu n'auras plus aucun souci sur
cette terre. Dis adieu à tes craintes ! Je veille-
rai personnellement à ce qu'il te soit accordé
un bon poste dans l'une de mes entreprises.
Viens à moi dès ta sortie. » Et voilà, bim bam
boum rataplan, deux jours plus tard je travaillais dans une grande entreprise de Lagos
avec un salaire équivalant à l'indice 08. Et
dans la presse, l'image de mon bon Samari-
tain n'en fut pas plus mauvaise. Pendant des
jours on put lire à la une de tous les
journaux : UNE VICTIME DE LA ROUTE SAUVÉE
PAR UN PHILANTHROPE.

« Moi aussi j'eus droit à ma grande journée
de presse. Je racontai à un reporter que j'avais
décroché une licence de français avec mention

au Sénégal, où je prétendais avoir grandi. Heureusement qu'à l'époque, comme encore aujourd'hui, mon français était parfait. J'ajoutai que tous mes certificats et mes diplômes avaient disparu dans l'accident. Interrogé sur ma femme et mon gosse imaginaires, je dis que j'avais demandé à mon épouse de me rejoindre mais que pour le moment c'était impossible, elle attendait notre deuxième enfant, chez ses parents, à Cotonou. Si un journaliste un peu fouineur avait pris la peine de se rendre au Bénin pour vérifier mon histoire, fini la comédie ! Mais il faut croire que la chance m'avait à la bonne car personne ne l'a fait.

« J'avais décroché la timbale : au lieu de dormir sous le pont Eko, je me retrouvais dans un trois pièces à Festac. Le patron voulut même me donner une voiture mais je déclinai cette offre généreuse. D'accord pour avoir un chauffeur, pour me déplacer en taxi de Mainland à Marina, mais conduire ces écrase-vieux me met dans tous mes états ! Va savoir pourquoi, dès que je suis au volant, ma tête se transforme en tambour de lave-linge : c'est la panique. Au Sénégal, où je travaillais comme vendeur ambulant, mes patrons, qui avaient le projet soi-disant révolutionnaire de motoriser progressivement le réseau trop limité de livraison à bicyclette, s'étaient évertués sans succès à nous apprendre à conduire. Ils ont fait l'acquisition de quelques minibus, nous ont montré comment ils marchaient et, en un week-end, nous ont transformés en vendeurs mécanisés. Après quoi ils ont voulu vérifier combien d'entre nous étaient effectivement capables de conduire ces adorables engins. Pas de problème, je leur ai dit, j'ai été receveur de bus. J'avouai cependant ne pas manifester de disposition particulière pour la conduite. Ils ont insisté. Contre l'avis de mon système nerveux, j'ai essayé un des bus. Je prends la clé, je m'assieds au volant, je mets le contact, je passe la première, je pose le pied sur la pédale d'embrayage, je l'enfonce, la relâche, et puis c'est le trou noir. On m'a raconté que le bus avait sauté en l'air comme une fusée de la NASA et qu'il s'était emballé en faisant des zigzags furieux comme si tout le foutu réseau routier sénégalais lui appartenait ; après il est passé joyeusement par-dessus le caniveau, a fait quelques tours d'acrobatie très originaux et boum ! contre un mur. Mon seul regret, c'est de ne même pas avoir gagné une égratignure comme souvenir de ce mémorable événement. J'ai été viré sur-le-champ. »

Sur l'écran noir et blanc, la tentative de comédie avait pris fin. Il y eut un bref interlude avec une musique d'Onyeka Onwenu, puis commença *Plume en marche,* une grandiose prise de tête de trente minutes. Sujet du jour : *Dialectique du sens et du non-sens dans la théâtralité de la négritude* – ne me demandez pas ce que ça veut dire.

— Vous avez finalement quitté Lagos, dis-je à Maude, puisque vous enseignez ici, à 1 500 kilomètres de la capitale ?

— Oui, j'ai quitté Lagos et, avec ma toute nouvelle ascension sociale, a resurgi en moi cette vieille soif d'apprendre. Comme j'avais désormais accès à tous les livres que je voulais, il n'y avait plus pénurie d'outils de travail. J'ai réussi mon bac option histoire, littérature et économie, puis je me suis inscrit aux cours par correspondance de l'université de Londres afin de préparer une licence d'art dramatique. Je l'ai obtenue et j'ai fait une demande pour effectuer mon service social obligatoire* dans l'enseignement. Un courrier m'a annoncé ma nomination au lycée de Kaduna. J'ai sollicité de mon patron un congé d'études d'un an qu'il m'a accordé et je suis parti pour Kaduna. Mon service social fini, j'avais l'intention de reprendre mon travail à Lagos, mais comme un imbécile je m'étais pris de passion pour l'enseignement, alors, à la fin de mon service, j'ai fait une demande de poste et j'en ai obtenu un immédiatement. Je suis sûr que la consonance *comme il faut* de mon nom a joué en ma faveur. Sans ça, je pouvais toujours courir. Le salaire était bien inférieur à ce que je gagnais avant mais tant pis, je voulais à tout prix être professeur. J'ai donc envoyé une lettre de démission à mon ancien patron en le remerciant de sa générosité et j'ai rejoint mon nouveau poste, ici même, dans ton lycée.

— Votre vie est comme un roman, m'sieur, dis-je, impressionné.

Je le voyais à présent sous un jour nouveau. Disparu, le primate chimérique, le fossile humain, le prof des cavernes qui partait dans la forêt, son serpent autour du cou, pour manger des mandarines avec les chimpanzés et les esprits. À mes yeux c'était maintenant un vrai héros, un fils de ses œuvres qui avait su saisir au vol les occasions de s'en sortir, sans pour autant devenir esclave de l'argent puisqu'il avait renoncé à l'aisance pour vivre la vie qu'il aimait. J'aurais pu lui pardonner absolument tout, même un meurtre, car à cet instant il était le petit Jésus, moi un Roi mage, et son histoire le tapis volant… enfin, l'étoile qui m'avait conduit à lui. Ah, j'aurais donné cher pour devenir quelqu'un qui s'en sort seul, à la force des méninges !

— Il manque quelque chose dans votre histoire, dis-je.

— Quoi ?

J'eus un sourire coquin et timide à la fois car à cette époque je n'avais pas encore connu les plaisirs, ni la torture que procure cette symbiose enivrante qu'on appelle le coït.

— Les femmes, dis-je. Elles n'ont pas l'air de se bousculer dans votre vie.

Il se leva, éteignit la télévision et mit un disque de Miles Davis en réduisant le son à un murmure. Puis il vint se rasseoir en face de moi et reprit, non de sa voix de stentor habituelle, mais tout bas, dans un chuchotement :

— On aurait peut-être raison de dire que j'ai eu peu de rapports avec les femmes. C'est peut-être à cause d'un déficit de libido ou d'un manque d'adrénaline dans le sang. (Il eut un petit sourire d'autodérision.) À l'époque où j'étais un moderne trimardeur, ou, pour parler comme nos amis les travailleurs sociaux, un délinquant juvénile, je me suis essayé à tous les vices disponibles : vol, escroquerie, délestage d'ivrognes, « fumettes » — c'est comme ça que vous dites ?… mais je n'ai jamais mis les pieds dans une maison de prostitution. Je suppose que c'est à cause de *qui* je venais. Et puis je ne m'intéressais pas vraiment aux filles. Ce n'était pas par timidité ou quoi que ce soit, simplement elles me laissaient froid.

« Mais un jour, à Lagos, tout a changé. C'était à Isale-Eko, dans un de ces pubs où tout le monde se rue : le patron s'approvisionne directement dans les brasseries, la bière y est bien meilleur marché que dans les autres troquets. Je ne me rappelle plus la date mais c'était une fin de mois, quand les ouvriers arrivent de la caisse les poches pleines. Je m'en souviens bien parce que c'est justement pour ça qu'avec les copains de la bande on faisait la tournée des pubs. Pas pour nous amuser mais pour le devoir. Tu sais, l'un de nous avait peut-être vu ce truc dans un film, ou il l'avait lu dans un thriller à quatre sous, ou il le tenait de son maître voleur, à moins qu'il n'ait eu simplement un coup de génie, en tout cas le plan était simple. Nous allions dans un bar à deux ou trois au moment du coup de feu, quand les ouvriers fraîchement payés viennent se cuiter. L'un d'entre nous allait commander de la bière et des cigarettes au comptoir. Il payait avec un billet de vingt *nairas* sur lequel il avait pris soin de noter un numéro de téléphone, par exemple 88 55 55. Après avoir récupéré sa monnaie, notre copain éclusait sa bière et allumait une cigarette – signal qui nous donnait le feu vert –, puis il quittait le pub. Sitôt que le premier compère franchissait le seuil, le numéro deux, disons moi, se levait et se dirigeait vers le bar avec une sérénité de clergyman. « Une bière et une clope, s'il vous plaît. » Le barman me servait la bière et la clope. Puis, sans ciller, je demandais ma monnaie. Le barman se mettait bien sûr à beugler : « Quoi monnaie ? Quand que c'est que t'as donné les sous ? À moi tu m'appelles voleu' ? À moi ? Sois gentil, ne me mets pas la colère fu'ieuse, paye-moi mon argent vite-vite avant que mes yeux ça voit 'ouge. » Alors, toujours aussi calme, je réitérais ma demande. Le barman devenait violet : « Comme ça tu voles ? Toi y en as sortir de la brousse ou quoi ? Dans ton trou on jette du sel en l'air pour soigner les gens, c'est ça ? Tu te bois ma bière, tu te fumes ma ciga'ette, tu payes zéro, et t'as pas peur de venir me demander à moi la monnaie ! Toi, y es sacrée belle fripouille, oui ! » À ce stade du débat, je ne pouvais moi aussi que perdre mon sang-froid : « On ne dit plus "sale con", c'est désobligeant pour le sexe féminin, on dit "tarte aux poils". Alors écoute-moi bien, tarte aux poils, préservatif défectueux, concentré de semelles, pilier du pont Eko, tu me donnes ma monnaie en vitesse ou sinon j'appelle la police, elle sera ravie de t'extraire de ton nid à rats pour te foutre en cage ! »

« Ça ne ratait pas, d'autres clients jouaient les arbitres, demandant à chacune des parties plaignantes d'exposer son cas. Finalement, un « Grand Cadi » autoproclamé tel se tournait vers moi et déclarait : « Ami, tu prétends avoir payé le barman avec un billet de vingt nairas ; peut-être est-ce vrai, mais ils sont cent, ils sont mille à lui avoir donné aujourd'hui un billet de vingt nairas. Comment savoir quel billet de vingt nairas est ton billet de vingt nairas ? La preuve de ton bon droit c'est à nul autre qu'à toi qu'il incombe de la faire jaillir du puits de la vérité. » Je restais coi, comme désemparé, incapable de trouver une issue à cette situation critique, tandis que le barman, triomphant, hurlait d'abondants remerciements au « Grand Cadi » puis me sommait de payer la bière et la cigarette, sinon il risquait de « commettre un fait divers ». Soudain je glapissais : oui, j'étais en mesure de prouver qu'un de ces billets de vingt nairas était à moi ! « Toi y as peux prouver ? Alors prouve, prouve ! » s'écriait le barman. Le silence envahissait le pub, le tourne-disque se taisait, on n'entendait plus que les mouches et le battement de cœur des ivrognes. « Hier, commençais-je, dans le taxi collectif que j'ai pris pour aller voir un ami à Allen, j'ai rencontré un vieux copain de classe que je n'avais pas revu depuis l'école ; il m'a donné son numéro de téléphone. Comme j'ai du mal à retenir les chiffres, j'ai emprunté un stylo à un autre voyageur pour noter le numéro sur mon dernier billet de vingt nairas, le seul morceau de papier que j'avais sur moi. Heureusement (peut-être parce que je l'ai noté) j'ai retenu le numéro. 88 55 55. Je vous en prie, mon cher barman, vérifiez donc vos billets de vingt nairas, le mien doit être parmi eux. » Alors, au milieu de cent paires d'yeux vigilants, le barman sortait tous les billets de sa caisse, les examinait studieusement et finissait bien entendu par trouver celui sur lequel figurait le numéro 88 55 55.

« Nous faisions le même coup cinq fois par jour, parfois plus, si bien qu'à la fin de chaque campagne hebdomadaire nous nagions presque dans les nairas. Nous n'opérions jamais deux fois dans le même bar et changions d'État tous les mois.

« Je te parlais d'un pub d'Isale-Eko. C'est là que j'ai fait la connaissance d'une fille. C'était la barmaid, elle s'étiolait complètement sous la tyrannie d'un boursouflé qui ne se contentait pas de jouer les petits chefs avec ses employés mais les humiliait aussi en public. Elle devait avoir une vingtaine d'années. Beau corps, joli minois… et un grain de beauté sur la lèvre supérieure.

« Quand nous sommes entrés, le bouffi était en plein numéro de terreur. Il s'en prenait à la barmaid pour une petite erreur dans les comptes de la veille. Elle avait les yeux tout rouges. Visiblement elle craignait de perdre son emploi. Mon regard s'était tout de suite fixé sur elle. Pas le genre de fille à travailler dans un bar. J'étais encore en train de la regarder quand mon associé, sa tâche accomplie, alluma une cigarette et quitta le pub. À moi d'entrer en scène. Je me levai et me dirigeai vers le comptoir. Là, une dizaine de clients se disputaient l'attention de la fille. « Une brune, demandai-je, une petite brune et cinq Rothmans. » Je renouvelai ma commande plusieurs fois sans succès, elle ne regardait même pas dans ma direction. Elle servait ceux qui étaient avant moi, ceux qui étaient après moi, mais pas moi. J'ai donné un grand coup de poing sur le comptoir et je me suis mis à hurler des obscénités *made in* Pont Eko. Elle s'est crispée, mais a fait celle qui n'entendait pas. Le patron a déboulé de son bureau pour voir ce qui se passait. « Demandez à la barmaid de me rendre mon argent, je lui ai dit, puisqu'elle refuse de me servir. » Elle a nié vivement avoir été payée : c'était justement parce que je lui avais donné l'impression d'être un mauvais payeur qu'elle ne m'avait pas servi. Commence alors la discussion traditionnelle entre le patron, la barmaid et moi-même. Un client m'a mis au défi de prouver ma bonne foi. J'ai joué la comédie habituelle du gars décontenancé puis, comme de juste, je me suis « souvenu » d'un « ami » dans un taxi, et tout le toutim. Le gros chef a ordonné à la fille de me rembourser sur-le-champ, et puis devine ce qu'il a fait… Il l'a virée. Il lui a dit ses quatre vérités et hop ! virée. Ça m'a vraiment choqué. Je me sentais coupable. Je suis intervenu auprès du patron mais ce fut peine perdue. La fille a couru dans sa chambre, a bouclé sa petite valise et s'est précipitée dans la rue en pleurant. Je l'ai rattrapée et l'ai suppliée de croire que j'étais vraiment désolé. Je ne sais pas ce qui m'a pris, mais je me suis bel et bien retrouvé à parcourir la ville derrière cette fille qui pleurait. Plus de trois heures durant, elle a marché et je l'ai suivie. Je savais qu'elle n'avait pas de logement. Elle m'a prié de la laisser tranquille mais j'ai insisté pour qu'au moins, avant, elle dîne avec moi. Je l'ai tellement harcelée qu'à la fin elle a capitulé et nous sommes allés manger dans un de ces petits restos bon marché mais corrects fréquentés par les voyageurs. Au cours du repas, je lui ai extorqué la promesse de me suivre chez un ami. Elle pourrait y passer la nuit, elle ne courait aucun danger.

« Voilà comment nous avons fait connaissance. Elle s'appelait Maria. Notre rencontre n'a rien d'original ni de romantique, et au début ce n'est pas l'amour qui m'attirait vers elle. Simplement la curiosité, et un certain remords. L'amour est venu plus tard. Elle était très discrète sur son passé et elle regardait toujours derrière elle. Était-elle en fuite ? Elle a vite trouvé un autre emploi comme domestique à Ikoyi. Son patron, un homme d'affaires, se déplaçait régulièrement à Londres ou à Bruxelles pour mettre la dernière touche à l'un de ses innombrables contrats. Seul restait à la maison un de ses frères qui, chaque fois que le maître des lieux s'absentait, donnait congé au personnel et faisait venir des femmes. Maria logeait dans l'aile réservée aux domestiques, c'est là que je la rejoignais chaque fois que son patron était en voyage, c'est-à-dire pratiquement tout le temps. Nos relations devenant plus intimes, c'est dans sa chambre qu'elle m'a parlé de son passé. Un nom revenait sans cesse : Bozo. C'était son premier petit ami. J'étais le numéro deux. « Où est ce Bozo maintenant ? lui ai-je demandé un jour. — Mort, fit-elle en se mettant à pleurer. » Nous n'avons plus abordé ce sujet pendant quelques semaines jusqu'à un week-end que je vins passer avec elle (elle avait dit au majordome que j'étais son frère).

« Elle croyait que je travaillais dans un bureau à Lagos. Pas question pour moi de lui avouer que je n'étais qu'un voyou minable. Ce fameux week-end, elle m'a raconté toute l'histoire de son ancien ami Bozo Macika : sa vie, leur rencontre, et sa mort. Une histoire que j'ai trouvée si intéressante que je me suis mis en tête de l'écrire. J'ai rédigé le début et la fin en une semaine mais il m'a été impossible de raconter le milieu. C'était plus étrange que n'importe quelle fiction. Je savais qu'aucun éditeur n'accepterait de publier un manuscrit pareil. »

Maude se dirigea vers sa bibliothèque ; il en retira une chemise marron contenant un paquet de feuilles. Je reconnus son écriture, en moins raffinée qu'à présent.

— Tiens, pendant que je vais acheter une salade je te laisse avec ça. N'oublie pas que là-dedans tout est vrai, à part quelques petites licences littéraires. Et si tu rencontres des solécismes, dis-toi bien que tout ça fut écrit par un détrousseur qui ne parlait que par bougre et foutre et ignorait le B. A. BA de l'art du récit.

Sur ce, il partit acheter sa salade.

J'allai à la cuisine, ouvris le réfrigérateur et pris un Coca que j'emportai au salon avec des sachets de pop-corn. Je m'assis et attaquai le manuscrit. Il était intitulé : *L'homme qui revint du diable.*

Deuxième partie

L'homme
qui revint du diable
par Maude Beso Maude

I

*B*OZO MACIKA naquit à l'époque où le Nigeria se libéra de l'impérialisme britannique.
Sa date de naissance exacte était un grand sujet
de polémique dans la maison d'Abednego (tel
était le nom chrétien de son père). Mr Abednego soutenait que Bozo (qu'il avait l'habitude
d'appeler « fils de pute ») était né trois mois
avant l'indépendance, tandis que Deborah
Abednego (qui tenait à appeler Bozo « David »,
son nom de baptême) martelait à son mari
qu'il était né trois mois après. Cela provoquait
invariablement la colère de Mr Abednego.

— Petite femme, hurlait-il en prenant l'ac-
cent britannique qui lui était habituel quand
il conversait avec quelqu'un dont il jugeait le
niveau intellectuel inférieur au sien, petite
femme, tu fais *t'erreur*, ce fils de pute est né
trois mois avant l'indépendance. Je le sais, je
suis le père !

43

— Abed… commençait Mrs Abednego.

— Appelle-moi Abe.

— Mais tu ne t'appelles pas Abraham, pro-testait-elle.

— Tu n'es qu'une ignorantesse, répondait-il en la regardant de haut. Moi que je suis allé jusqu'en troisième, j'en sais mieux qu'une femme de la brousse.

— D'accord, Ane, disait-elle.

— J'ai dit Abe, pas Ane.

— Mais c'est ce que j'ai dit.

— Tu as dit « Ane ».

— Pourtant, expliquait-elle, blessée, Ane est le diminutruc d'Abednego ; c'est ce que tu viens de dire.

— Je n'ai jamais dit ça, rétorquait son mari.

— Tu n'as pas dit ça comme ça mais tu l'as dit un peu.

— Bon, ça va, petite femme, admettait-il sur le ton d'un professeur s'adressant à un élève irrémédiablement bouché. Nous t'accordons le bénéfice du doute. Mais c'est Abe, pas Ane.

— Ane, pas Ane, répétait-elle.

— OK, illettrée, acquiesçait-il. Revenons z'à la case d'où nous partîmes.

— T'en connais un bout en anglais, Ane.

— Appelle-moi Abed, femme…

— Comme je te disais, Abed… qu'est-ce que je disais ?

— Tu disais une chose sans importance, répondait-il, ayant lui aussi oublié le sujet de la conversation.

— Je sais qu'on parlait de quelque chose.

— Va savoir !

— Ah ! ça me revient. On parlait de David.

— Ce fils de pute, soupirait-il.

— Pourquoi l'appelles-tu toujours comme ça ?

— Pour la même raison que toi sa mère tu l'appelles David.

— Mais c'est son nom.

— C'est Bozo, son nom. David est un vulgaire nom chrétien.

— Puisse le Seigneur te pardonner, Abed.

— Quel péché j'ai commis ?

— Le christianisme n'est pas « vulgaire ».

— Qu'est-ce qu'il faut pas entendre, sacrée Mère de Dieu…

— Pourquoi tu me traites de merde de Dieu, moi ta femme ?

— Mais non, je t'ai dit « Mère de Dieu »…

— Arrête de blasphémer ! Je ne suis pas la mère de Dieu.

— Ça, je suis au courant ! Ce n'est pas moi qui affirmerais que tu es vierge, ce serait mentir à la fesse de Dieu.

— À la *face* de Dieu – que le Seigneur te pardonne… Mais en tout cas je l'étais avant notre mariage.

— Tu étais quoi ?

— Vierge, répondait-elle, piquée au vif.

— Vierge ? Jamais entendu dire ça de toi.

— Tu dirais n'importe quoi pour me faire tourner en bourrique, Abed. Ça devient une maladie chez toi.

— Ah ! s'exclamait Mr Abednego, ma seule maladie était de te courir après, à cette époque.

— À cette époque…, répétait-elle avec amertume. Aujourd'hui, tu te contentes de me faire marcher.

— Tu ne me le reproches pas, non ?

— Non, disait-elle, maussade.

— Tout ça c'est à cause de ce fils de pute.

Il prononça ces mots d'un ton cassant, pour bien montrer que le sujet était clos. Ils restèrent assis un long moment, silencieux, chacun plongé dans ses pensées. Invariablement, la discussion se terminait de cette façon, mais un jour Mr Abednego brisa cette routine. Il demanda à sa femme :

— Sais-tu pourquoi j'appelle toujours David « fils de pute » ?

— Abed…

— C'est à cause de ce qu'il t'a fait.

— Mais ce n'était pas sa faute, protesta Mrs Deborah.

— Si, insista son mari.

Et elle se mit à pleurer.

II

CE QUE BOZO avait « fait » à Deborah,
selon les termes de Mr Abednego, était
totalement indépendant de sa volonté. Il
aurait été plus juste de parler d'un sale coup
de la nature. Le jour de la naissance de Bozo,
le deuxième enfant du couple, l'accouchement
de Mrs Abednego avait présenté de telles
complications que les médecins de la maternité de la Mission, à Jos, avaient craint pour
sa vie. Deux jours après avoir été admise à
l'hôpital, elle ne parvenait toujours pas à faire
sortir l'enfant. Son visage, ses bras et ses
jambes avaient enflé dans des proportions si
alarmantes que les médecins, avec le consente-
ment de son mari affolé, avaient fini par
prendre la décision de pratiquer une césa-
rienne. La vie de Deborah ne tenait plus qu'à
un fil. On envoya chercher un prêtre pour lui
administrer le viatique avant l'opération.
Quelques heures plus tard, Bozo fut mis au
monde par une équipe de médecins exténués :
à la surprise générale, Deborah Abednego
était toujours en vie. Elle passa trois mois de
convalescence à l'hôpital. Le jour de sa sortie,
un jeune médecin quelque peu exubérant

délégué par ses confrères lui avait dit :

— Nous vous recommandons impérative-
ment de renoncer à tout projet de maternité.
C'est un coup de chance extraordinaire que
vous ayez survécu. Une nouvelle grossesse
équivaudrait à un hara-kiri.

— C'est quoi un hara-kiri ? avait-elle
demandé.

— Il s'agit d'une cérémonie traditionnelle
japonaise de suicide par éviscération et
déboyautage, avait répondu le médecin avec
enthousiasme, avant d'ajouter : tout à fait
honorable, au demeurant.

Mrs Abednego n'osa pas courir ce risque.

Elle dut par conséquent se résoudre à passer
trois jours supplémentaires dans le service chi-
rurgical d'un autre hôpital pour y subir une
hystérectomie. Cela signifiait bien sûr qu'elle
ne pourrait plus avoir de bébés. Désormais
elle était stérile.

Cela brisa la fierté de Mr Abednego qui
n'eut alors point de cesse d'en rejeter la faute
sur Bozo. Il devint coupable de leur pourrir la
vie. « Qui diable a donné l'idée à sa mère
d'appeler cette calamité ambulante David ?
Mon Dieu, nous devrions nous faire appeler
Mr et Mrs Goliath, ce garçon nous a décapi-
tés. Ah, sacré fils de pute, fils de pute, putain
d'enfoiré de fils de pute… »

Ce fut une croix que Bozo ne put jamais
porter facilement.

Pendant la Seconde Guerre mondiale, son
père avait servi en Birmanie, dans l'armée de
Sa Majesté. Il avait combattu dans des tran-
chées infestées de cobras. À la fin du conflit, il

avait reçu deux médailles et grâce à ce qu'il appelait une « relativement pas trop mauvaise éducation », il avait aussitôt obtenu un emploi de chef de bureau à la Société des chemins de fer nigérians.

Nommé à Kaduna, il fut bientôt muté à Kafanchan qui, à cette époque, ne comptait que quelques cases, une école catholique et une petite gare. Mr Abednego s'y plaisait. « On se croirait dans la jungle birmane », disait-il avec un sourire nostalgique. Il annonça à sa femme qu'il comptait s'y installer définitivement, et dès que l'armée britannique lui eut versé ses arriérés de solde (mystère bureaucratique : ils lui furent payés avec seize ans de retard), il construisit une maison qui fut considérée à l'époque comme la plus belle de Kafanchan.

Bozo exécrait cette demeure.

Un jour, peu après que son père eut déclaré qu'il avait huit ans alors que sa mère soutenait qu'il manquait encore deux mois pour faire le compte, Bozo, phénomène rarissime, se confia à son père.

— Je déteste cette maison, Abe, lui dit-il.

Mr Abednego voulait que ses enfants l'appellent « Abe ». « Papa » lui donnait l'impression d'être un vieux schnock.

— Pourquoi tu fais pas tes valises alors ? avait aboyé son père.

— Je les ferai un jour.

— Voilà des mots bien doux à mon oreille.

— Dis-moi, Abe, pourquoi tu l'as construite comme ça, on dirait une grotte. Il faut ramper pour entrer dans une pièce. Maman, elle m'a

49

raconté que tu l'avais construite tout seul. Sûr que c'est pas ta faute, si c'est si moche. Pourquoi tu me regardes comme ça ? C'est toi qui l'as dit : cette maison c'est pire qu'une grotte. Tu sais, Abe, je crois que je préférerais habiter dans une grotte.

— Ah, la Birmanie ! murmura son père d'un ton rêveur. (Il haussa les épaules.) Si tu crois que je compte sur un fils de pute pour comprendre ça !

— Papa… demanda Bozo.

— Appelle-moi Abe.

— Papa, insista Bozo, pourquoi toujours tu m'appelles « fils de pute » ?

— J'ai pas envie de te le dire, fils de pute, mais un jour tu comprendras le grand pourquoi des choses.

Plus tard, en écoutant souvent aux portes la conversation de ses parents, il comprit effectivement le grand pourquoi des choses. Dès son âge le plus tendre, Bozo avait perçu l'hostilité de son père. C'était inexplicable, absurde, mais c'était comme ça. Il revoyait Abe en train de lire tranquillement son journal pendant qu'il gémissait sur son lit, tremblant de fièvre, un jour où il était en proie à une crise de paludisme.

Quand il se rappelait tout ça, il comprenait que son père ne lui avait jamais accordé la moindre parcelle d'amour. Chaque fois que le passé lui remontait à la gorge, il se sentait volé – et au souvenir de sa sœur, il éprouvait une terrible amertume.

Sa sœur. Son vrai nom était Moyo, son nom de baptême Rebecca, mais leur père avait dédaigné ces deux noms avec mépris : selon lui, l'un manquait d'imagination et l'autre d'inspiration. Il l'avait donc surnommée Mae West. Lorsque des amis ou des parents lui demandaient où il avait déniché ce nom, il leur répondait d'un air humble que Dieu le lui avait soufflé. Bien qu'à cette époque Bozo ne fût qu'un enfant, il savait déjà qu'il ne fallait pas considérer tout ce que disait son père comme parole d'évangile. Au fil des ans, il découvrit que son scepticisme était justifié : Mae West était en réalité une actrice américaine.

Moyo était de deux ans son aînée. Belle, gentille, tout le monde l'aimait. Même leur père. Surtout leur père.

— Cette jeune personne, annonçait-il à ses amis quand il commençait à être un peu imbibé au moment des fêtes de Noël ou des commémorations pascales, cette belle et jeune personne – ou plutôt cette jeune personne extrêmement belle – est mon héritière. Mettons que je replie mon ombrelle aujourd'hui, eh bien elle héritera de l'ensemble de mes biens et de mes propriétés. Tout l'empire. Quand le roi s'éteindra, elle sera reine. Et croyez-moi, elle prendra grand soin de sa mère.

Moyo possédait toutes les qualités que son frère n'avait pas : elle était très sociable, il manquait d'assurance en public ; elle était au centre de tous les regards, lui on ne le remarquait pas ; elle était la beauté de la ville, sa tête à lui était loin de remuer les foules ; elle était la brebis chérie de son père, lui c'était le mouton noir de la famille.

— Moi et Deborah, nous étions en train de

nous entretenir du métier que ma fille aimerait exercer. Une jeune personne aussi talen-
tuée voit tant de possibilités s'offrir à elle que
nous nous sentons un peu dépassés. Nous la
laisserons choisir elle-même. Je vous assure,
chers amis, que de nos jours, dans ce pays qui
est le nôtre, une fille qui a reçu une bonne
instruction c'est comme les joyaux de la Couronne. Et je le déclare ici et maintenant, à la
face de vos oreilles, c'est ce que j'ai l'intention
de lui donner. Une sacrée putain d'instruction. Je veux qu'elle soit comme moi, aussi
éducationnée que ma personne. N'importe
où, je peux travailler. Je pourrais devenir pré-
sident du Nigeria demain si j'éprouvais un
quelconque intérêt pour les affaires publiques.
Hélas, la politique suscite dans mon cœur un
profond sentiment de dégoûtage...

Et parle et que tu parles.

Ce qui irritait le plus Bozo, dans ces accès
d'éloquence alcoolisée, c'est que son père qua-
lifiait sa fille bien-aimée de « douée ». Sa sœur,
aucun doute là-dessus, était tout sauf
« douée ». Belle, d'accord, elle l'était, et elle
avait du charme. Disons qu'elle charmait la
braguette des hommes ; là résidait peut-être
son seul talent. Elle était la terreur des femmes
mariées et la chérie de toutes les mères. Peut-
être ces rôles exigeaient-ils du talent, mais à
part cela c'était l'insignifiance en personne,
une charmante nullité : à dix ans, elle ne savait
pas encore écrire son nom correctement.

Et quand elle rappliquait pour qu'il l'aide à
écrire ses lettres ! Des réponses ardentes à des
garçons bouillonnants qui commençaient

toujours leurs missives enflammées par :
« Chère Mae, rapport à notre entrevue, je me
suis senti un sentiment pour toi… »

L'aimait-il ? La détestait-il ? La méprisait-il ?
L'enviait-il ? Riait-il d'elle ? Il ne s'en souvenait plus. La seule image qu'il gardait d'elle
c'était son visage candide, souriant à la lecture
d'une lettre de Bature, dont le père était
conducteur de locomotive, ou boudeur quand
elle parcourait un petit mot de Sale (un fils de
fermier). Bozo était son seul confident. Moyo
et sa mère étaient loin de s'entendre comme
larrons en foire. Dans son dos, elle appelait sa
mère « la péteuse ». Son père, elle l'appelait
« Abe », selon ses instructions. Quant à Bozo,
elle le nommait « fils de pute » par respect des
traditions familiales.

Pourtant, c'était à lui qu'elle confiait ses
secrets. Quand ils rentraient de l'école (Bozo
était deux classes au-dessus), elle lui disait parfois : « Dis, fils de pute, le petit prof qui a la
drôle de barbe, il m'a encore mis la main. Il
m'a offert deux pennies pour lui faire des
choses, mais j'y ai dit que papa il m'arrache-
rait la peau des fesses. » Ou bien : « Bature, il
m'a embrassée derrière l'école. Il a dit que
c'est comme ça que les Blancs ils font l'amour.
C'est pas mal comme truc, tu sais. Après il a
essayé de m'enlever la culotte alors je me suis
échappée. Je sais pas ce qu'il voulait faire mais
ça m'a pas plu… »

Il se revoyait, la regardant froidement, dou-
loureusement, le cœur plein de secrets qu'il
n'avait jamais dits à personne. Comme il se
souvenait de ce jour, sur la plage, où une

copine lui avait lancé en pleine figure :
« Qu'est-ce que t'es moche, Bozo, avec tous
tes boutons ! »

À cette époque Moyo avait douze ou treize
ans et lui neuf ou dix.

Un jour qu'il lisait *Up from Slavery* de Boo-
ker T. Washington, assis sous un manguier du
jardin, Moyo était arrivée en courant, tout
excitée :

— Abe vient de me dire un drôle de truc
sur toi, fils de pute.

Bozo laissa tomber son livre.

— Tu sais ce qu'il m'a dit, fils de pute, qu'il
t'appelle comme ça parce que c'est ta faute si
la péteuse elle peut plus avoir d'enfants. C'est
marrant, hein ?

Et elle éclata de rire.

Mais cela, il le savait déjà. Il n'en dit rien à
Moyo mais resta là, immobile comme une
statue, la dévorant des yeux.

— Ah oui, devine ce qu'il a dit aussi… (Elle
se tenait les côtes.) Il a dit qu'il te déteste !
Rien que de te voir, ça le fout en rogne. Tu lui
fais monter la haine. Et tu sais pourquoi ?
(Elle se remit à se tordre de rire, comme si elle
allait se casser en deux.) Il dit que tu l'as
rendu presque impuissant avec la péteuse,
qu'avant que tu naisses il lui faisait l'amour
trois fois par jour ! Tu te rends compte ? Trois
fois par jour ! Ça fait exactement vingt et une
fois par semaine. La galère ! Il dit que quand
la péteuse a eu cette hystérectomachin à cause
de toi, il n'a plus jamais réussi à se mettre en
train au lit avec elle. Il dit que chaque fois
qu'il est excité, il se rappelle qu'elle a failli

mourir de ta faute, et son bazar devient tout mou. C'est pour ça qu'il te déteste ! Tu l'as rendu impuissant et des fois, quand il te voit, il regrette que tu sois pas mort à l'hôpital.

Elle réussit à maîtriser son fou rire et, se rendant compte à quel point elle avait blessé son frère, elle ajouta :

— T'en fais pas, Bozo, c'est dimanche aujourd'hui, il est complètement pété, il dit n'importe quoi. Si tu le voyais, il pue comme une calebasse de vin.

Mais Bozo ne l'écoutait plus. Il pensait aux mots clés. Aux phrases clés. Des mots et des phrases qui lacéraient sa vie. La haine. Toujours la haine. Encore la haine. Il te déteste. Tu sais pourquoi il te déteste ? Alors des fois, quand il te voit, il regrette que tu sois pas mort à l'hôpital.

Il me déteste vraiment, pensa Bozo avec amertume. Il me déteste à ce point parce que je l'ai rendu impuissant. Moi, rendre quelqu'un impuissant ! Comme si j'étais un sorcier ! Je n'ai rendu impuissant personne ! Tout ce que je sais, c'est qu'il n'arrive plus à faire l'amour, et comme il ne peut pas avaler ça, il s'est trouvé un bouc expiatoire. Il me reproche quelque chose qui a eu lieu avant ma naissance. Et maintenant il veut me tuer. Il veut ma mort. Oh, mon Dieu ! où que Tu sois, je suis fatigué de toujours prendre des coups. J'en peux plus de me sentir détesté. Je veux que quelqu'un m'aime. Qu'on me comprenne. Ou bientôt je vais me mettre à tout casser.

III

*M*R ABEDNEGO ne ratait jamais une occasion de rappeler à sa femme qu'elle n'était qu'une illettrée, mais parfois, en ses sobres moments, il se demandait si, bien qu'elle n'eût jamais mis un pied à l'école, elle n'était pas plus instruite que lui.

Si Mrs Abednego n'était pas allée à l'école, c'est qu'elle avait été victime des circonstances. Elle parlait rarement de sa jeunesse, mais d'après le peu qu'elle avait dit, Bozo finit par comprendre qu'elle était le trente-deuxième enfant d'un polygame qui en avait eu trente-trois. Elle était la neuvième fille d'une grenouille de bénitier qui avait prié neuf fois pour avoir un garçon et neuf fois avait donné le jour à une fille. Son père, en bon phallocrate africain, refusa catégoriquement d'envisager qu'une fille (qu'il considérait comme un article à vendre au juste prix à un homme comme il faut) reçût de l'instruction. En revanche, l'éducation des enfants mâles représentant pour lui un investissement à long terme, il envoya les plus doués à l'école et mit les traîne-la-patte en apprentissage. Mrs Abednego avait raconté à son mari qu'un de ses demi-frères lui avait appris à écrire, celui qui par la suite obtint une bourse pour aller étudier en Grande-Bretagne – et y resta. L'enseignement de son frère fut d'une telle qualité que lorsqu'elle parlait avec des gens, ils ne lui demandaient pas si elle était allée à l'école mais à quel âge elle l'avait quittée.

La curiosité de Bozo pour les livres s'était éveillée lorsque sa mère lui lisait des passages de la Bible en l'absence de son mari. Dès l'âge de six ans, il savait lire et écrire assez correctement l'anglais. Il lut tous les livres que sa mère avait apportés de la maison de son père, après son mariage. Plus tard elle s'arrangea pour qu'il puisse emprunter des livres à la bibliothèque d'un lycée voisin. Bozo en tira le plus grand profit et lia vite connaissance avec Shakespeare, Charles Dickens, Daniel Defoe et autres.

Son père, luthérien non pratiquant, n'allait au temple qu'à Pâques et à Noël. « Moi, je ne suis pas un lèche-Dieu, disait-il, ni un pharisien. » Selon lui, seuls les fanatiques et les hypocrites allaient à l'église tous les dimanches bouffer du Jésus en rondelles et il ne cessait de prophétiser à sa catholique de femme : « En vérité, tous autant que vous êtes, ô catholiques, vous suivrez votre pape jusqu'aux puits de soufre et aux flammes de l'enfer. » Ces propos à haute teneur d'alcool, Mrs Abednego en buvait la coupe jusqu'à la lie et s'occupait de la rédemption de ses enfants.

Moyo fut la première à se dérober : « Moi, je ferai comme Abe », dit-elle, sachant pertinemment que sa mère ne pourrait protester auprès de son mari. Quant à Bozo, il promettait beaucoup. Il accompagnait sa mère à la messe tous les dimanches, recevait fidèlement la sainte communion et devint même enfant de chœur. En bon catholique, il allait à confesse tous les quinze jours et parfois, par entrain religieux, il laissait libre cours à son imagination et confessait avec ferveur au révérend père qu'il avait commis le péché d'adultère. À cette époque, il ne savait même pas la différence entre une fille et un garçon.

À part cet enthousiasme enfantin pour la culpabilité, c'était un bon catholique. Sa mère en était si satisfaite qu'elle laissait entendre à ses intimes que son fils aspirait à porter le froc. À vrai dire, même Bozo pensait que pour lui ce serait l'idéal. Mais plus tard il se mit à avoir des doutes, suite à une erreur que commit sa mère : elle lui donna une malle remplie d'épais volumes qu'elle avait achetée dans une vente aux enchères des chemins de fer. Apparemment, cette malle avait été égarée par un voyageur inconnu qui ne l'avait jamais réclamée. Croyant qu'elle contenait des vêtements, Mrs Abednego en avait fait l'acquisition. Erreur. En l'ouvrant, elle n'y découvrit que des livres. Des livres à tire-larigot. David, s'était-elle dit, voilà une bonne nourriture pour toi. C'est ce que tu as toujours désiré. Elle donna donc les livres à son fils. De gros volumes de philosophie, de théologie et de métaphysique. Certains auteurs affirmaient que la Vierge Marie n'occupait pas un fauteuil spécial dans la hiérarchie des cieux. D'autres fustigeaient la Bible comme une fiction vermoulue perpétrée par des hallucinés et des mystificateurs. La malle contenait aussi des thèses saducéennes contestant la résurrection du Christ, des traductions d'œuvres de Démocrite et de son maître Leucippe, du Romain Titus Lucretius Carus qui vantait le postulat matérialiste selon lequel l'univers ne serait qu'une combinaison d'atomes, ainsi que d'Arius, ce théologien chrétien du quatrième siècle qui soutenait que Dieu et Jésus-Christ ne formaient pas une seule et même substance mais étaient composés d'une substance similaire.

Bien sûr, au début, Bozo trouva tout cela ennuyeux comme un enterrement anglais et confus comme une querelle d'Arabes. Il lui fallut deux ans pour commencer à saisir les concepts fondamentaux de ces œuvres, mais sitôt qu'il les eut compris, il se mit à lire la Bible en la passant au crible afin d'y relever contradictions et inconséquences. Il réussit à trouver ce qu'il cherchait. Ainsi, un matin, lorsque sa mère vint l'appeler pour aller à l'église, il lui annonça tout à trac qu'il s'était volontairement excommunié « des dogmes douteux de l'Église ».

— De quelle Église, David ? demanda-t-elle, abasourdie.

— De l'Église, maman, répéta-t-il avec une pointe d'arrogance, genre « maintenant mes yeux sont ouverts, on ne me fait plus gober n'importe quoi ».

— De l'Église catholique ? gémit-elle.

— Non, maman, répondit-il avec patience. Pas seulement de l'Église catholique. De l'Église en tant que concept général. Du christianisme dans sa globalité, depuis sa sainte essence jusqu'à ses saintes huiles.

— Tu t'es converti à l'islam ?

— Non, maman. Je n'ai pas changé de religion. J'ai seulement renoncé à toute foi religieuse.

— Enfin ! Mais qu'est-ce que tu me chantes là, David ?

— Écoute, maman, répondit-il avec agacement, ne me rends pas les choses difficiles. Je t'ai livré le fond de ma pensée, voilà tout.

— David, le supplia-t-elle, je t'en prie, allons voir le révérend.

— Qu'il aille se faire cuire un œuf en enfer !

— David, tu blasphèmes !

— Écoute, si tu veux me faire plaisir, dit-il doucement, laisse-moi, retourne à ton cher petit monde. Je t'en prie.

— Mon cher petit monde, répondit-elle d'un air pincé, c'est celui de la rédemption. Un monde purifié par le sang éternellement miséricordieux de Jésus-Christ.

— Alors restes-y dans ton monde, maman, reste dans ton monde de rosaires, de communions et de confessions. Restes-y et fiche-moi la paix !

— D'accord, David, dit-elle, stoïque, je resterai dans mon monde et je te ficherai la paix. Mais crois-en une vieille femme, c'est la pire décision de ta vie et un jour tu la regretteras. Quand tu retrouveras tes esprits, mon fils, ce qui adviendra forcément, tu pourras toujours compter sur mes conseils. Puisse le Seigneur pardonner à ton âme. Que le sang de la Sainte Croix du Calvaire lave tes péchés.

60

À cette époque, Bozo avait quatorze ans. Mais son âge mental était proche de celui de Mathusalem. Il s'efforça de ranimer son intérêt pour la religion en essayant un peu de métaphysique. Il goûta au yoga, croqua du Krishna, un bout de Bouddha, mais en eut vite jusque-là. En désespoir de cause, il tenta d'entrer chez les rosicruciens : il s'aperçut qu'il n'avait pas les moyens de payer les frais d'adhésion. Il avait beau lire, il revenait toujours à la prose athée des Grecs et des Romains de l'Antiquité.

Son travail scolaire ne s'en trouva pas affecté. Certaines matières lui plaisaient et il avait toujours de bonnes notes. Il découvrit aussi qu'en grandissant il devenait « beau et séduisant ». Son corps musclé aurait pu faire des ravages mais il était tellement préoccupé par ses livres et ses théories qu'il ne portait pas le moindre intérêt aux filles. Il n'avait pas d'ami intime, passait pour arrogant et avait rompu toute communication avec son père.

Sur le plan intellectuel, aussi bien ses ennemis que ses admirateurs le tenaient pour un génie. À l'école primaire, personne ne put le déloger de la place de premier ; sage, obéissant, studieux, il était le chouchou de tous les maîtres.

Mais quand il fut au lycée (celui de Kagoro), très rares étaient les enseignants qui l'aimaient. Vif, brillant, c'était aussi un petit malin. Il donnait l'impression à certains professeurs de tout savoir : lorsqu'ils abordaient de nouveaux sujets, il ne s'agissait pour lui que de révisions. La peur n'était pas son point faible, ni le tact

61

son point fort ; un jour, en cinquième, il dit à un jeune professeur :

— Monsieur Truc-Machin-Chouette, si vous ignorez ce que vous nous apprenez, pourquoi ne pas nous le faire savoir ? Il y a une demi-heure que vous vous essuyez les pieds au paillasson au lieu d'entrer en matière.

Sitôt qu'on informa le directeur de cet incident scandaleux, le vieil homme – un Irlandais végétarien, sorte de Charlie Chaplin funèbre – fut tellement désarçonné qu'il convoqua une assemblée extraordinaire à laquelle assista l'école entière et infligea publiquement le fouet à Bozo. Après cette sévère correction, il intima l'ordre à ce dernier de présenter ses excuses au professeur offensé. Bozo s'exécuta, mais avec une telle lueur d'impénitence et de mépris dans le regard, que le pauvre prof demanda sa mutation dès le lendemain. À partir de ce moment, Bozo devint *persona non grata* pour le personnel enseignant. Bozo le futé, l'appelait-on, ou « Sorcier Goliath » en raison de son gabarit impressionnant.

À seize ans il était en troisième, mais en raison de certains événements ce fut sa dernière année de lycée.

IV

*A*u lycée de Kagoro, le professeur qui dirigeait le département d'instruction religieuse était une Britannique mariée à un Américain. Elle s'appelait Myra Biesenthal Buck. Son mari enseignait la chimie dans l'établissement. Myra Buck descendait d'une famille de pasteurs, de religieuses, de moines et de missionnaires. Son propre père avait été pasteur baptiste au Kenya : un prédicateur sans peur et sans reproche qui courait aux cinq cents diables répandre la bonne parole. Ses parents, qui appliquaient avec ardeur le proverbe recommandant de ne jamais remettre au lendemain, etc., avaient déjà eu six enfants lorsque la mère de Myra mourut de chagrin à la suite de la disparition de son mari, égorgé par des rebelles Mau-Mau. Mais avant de passer de vie à trépas, le pasteur et son épouse avaient pris soin d'élever leurs quatre enfants (deux avaient été emportés par la rougeole) selon la parole de Dieu. Ainsi leur fille Myra n'était pas venue au Nigeria seulement pour y donner des cours d'instruction religieuse mais aussi dans l'intention de prêcher l'Évangile avec un zèle impitoyable et de

63

racheter au nom de son chef Jésus la plus grosse cargaison d'âmes possible. Bozo appelait ce genre de personne une fanatique.

Elle avait à peu près atteint son objectif et commençait à se plaire au lycée de Kagoro lorsqu'elle remarqua Bozo.

Dans son registre, il était inscrit sous le nom de David Macika Abednego, mais tout le monde l'appelait Bozo. Un après-midi, se sentant d'humeur joviale après son cours, elle l'interpella. Il était assis comme à son habitude au fin fond de la classe.

— Dis-moi, toi, quel est ton nom exactement ? Dans mon registre tu es David Abednego, alors pourquoi t'appelle-t-on Bozo ?…

— Parce que c'est mon nom, répondit-il en se demandant de quoi elle se mêlait.

Tous les élèves les regardaient.

— Les gens polis ne commencent pas leurs phrases avec « parce que », dit-elle.

— Je sais, fit Bozo, les gens polis ne le font pas, mais moi, oui.

Elle accusa le coup et reprit l'interrogatoire :

— Tu connais Charles Dickens ?

— Reporter, romancier, réformateur social, répondit Bozo.

— Eh bien, Dickens était aussi connu sous son pseudonyme de Boz et je me demande si on ne t'a pas appelé Bozo pour cette raison.

— Non, grogna-t-il.

— Tu en es si sûr que ça ?

— Oui, Mrs Buck. Bozo est un authentique nom africain qui vient de Buzu.

— Et que signifie Buzu ?

— C'est un mot d'origine haoussa qui veut dire coureur des bois.

— Oh ! s'esclaffa Myra Buck, un peu terre à terre comme nom, n'est-ce pas ? Ou plutôt un peu ventre à terre…

— C'est vrai, reconnut Bozo en maudissant son père de l'avoir appelé ainsi.

Malgré tout, il aimait la sonorité de son nom. Il ajouta d'un ton sarcastique :

— Au moins, il n'est pas aussi humiliant que David Abednego, par exemple.

— Humiliant ? Pourquoi ça ?

— David Abednego est un nom impérialiste.

— C'est un nom chrétien, mon garçon, dit Myra Buck.

— Je sais bien que c'est un nom chrétien, mais le christianisme s'est avéré le masque et l'instrument du colonialisme, vous ne le saviez pas, Mrs *Beurck*… ?

— Je crois qu'il vaut mieux mettre un terme à cette discussion malsaine, dit Myra Buck en sortant de la classe, rouge et fumante de colère.

Désormais, elle faisait comme s'il n'existait pas. En corrigeant ses devoirs elle lui cherchait des poux dans le texte. Bozo, lui, se faisait oublier, style « je me repens humblement ». Mais, selon la pure tradition mosaïque, il attendait simplement son heure, guettant le moment propice pour frapper. Un prêté pour un rendu. À malin, malin et demi. Deux dents pour une.

L'occasion se présenta à la fin du trimestre, pendant la semaine de révision qui précédait les examens.

Myra Buck entra dans la classe avec son *hue* et son *dia* : l'Ancien et le Nouveau Testament. D'habitude, elle n'en apportait qu'un à la fois.

— Chers élèves, dit-elle après avoir fait réciter la prière, nous allons consacrer le cours d'aujourd'hui à nous rafraîchir la mémoire. Je présume que certains d'entre vous, du moins les plus sérieux, ont relu les passages bibliques que nous avons étudiés. Je vous invite donc à poser des questions sur ces passages ou sur d'autres qui auraient pu vous paraître un peu obscurs.

Une élève – une gringalette prénommée Theresa qui, soit dit en passant, était la préférée de Mrs Buck – se leva et demanda :

— Dans le livre deux de Samuel, on dit qu'Ahitophel, le conseiller, recommanda à Absalom, le fils révolté du roi David, de pénétrer les *cucombines* de son père. Quelle est la signification de ce conseil ?

Très satisfaite de la question de Theresa, Myra Buck la félicita avant d'attaquer la lecture de l'Ancien Testament ouvert au livre adéquat.

— Vous vous souvenez tous, bien sûr, qu'après s'être livré à l'odieux acte d'adultère avec Bethsabée, la femme d'Urie le Hittite et la future mère de Salomon, le roi David reçut la visite d'un envoyé du Seigneur, le prophète Nathan qui, après lui avoir conté la parabole de l'exploiteur cupide, lui dit : « Voici que de ta propre maison je vais faire surgir contre toi le malheur. Je prendrai tes femmes sous tes yeux, et je les donnerai à ton voisin, et il couchera avec tes femmes à la vue du soleil. Car toi, tu as agi en secret, et moi je ferai cela à la face de tout Israël et à la face du soleil. »

De sa place au dernier rang, Bozo suivait la manœuvre en dissimulant prudemment son impatience. Il ne voulait pas que Mrs Buck vît venir le coup.

— Merci m'dam, dit Theresa, quand le professeur eut achevé sa longue explication.

— De rien, Tessa, répondit Myra Buck rayonnante. Elle appelait toujours cette élève Tessa. Puis, s'adressant à toute la classe :

— D'autres questions ?

Bozo se leva.

— Oui, Mrs Buck.

— Oui madame, répliqua celle-ci.

— J'ai quelques questions, madame Mrs Buck, dit Bozo.

Les rires fusèrent des quatre coins de la classe.

— Dépêche-toi, nous n'allons pas y passer la journée !

Bozo se racla la gorge.

— Excusez-moi, merdam, euh, m'dam : le christianisme est-il la vraie religion ?

Déconcertée, Mrs Buck demanda :

— Quel est le rapport avec la discussion d'aujourd'hui ?

— S'il vous plaît, m'dam, c'est important.

— Eh bien, tout ce que je peux dire c'est que dans le monde entier le christianisme est la religion que des centaines de millions de gens très rationnels ont choisie. C'est la plus importante de la terre. Et ces millions de gens qui s'en sont remis corps et âme à Jésus-Christ l'ont fait, le font et continueront à le faire de leur plein gré. Le christianisme est une religion de paix qui invite plutôt qu'elle n'oblige les gens à embrasser la foi de Notre-Seigneur. Ne crois-tu pas que ces millions de chrétiens de toutes couleurs et de toutes langues se seraient abstenus s'ils avaient eu le moindre doute quant à la vérité du christianisme ?

Myra Buck se tut, la victoire inscrite sur son visage. La crainte et le respect qu'elle inspirait aux élèves, elle les ressentait jusque dans la moelle de ses os. Mais apparemment Bozo n'était pas satisfait. Il demanda :

— Le christianisme est-il la religion la plus ancienne ?

Bon, c'était encore plus facile.

— Dieu sut transmettre aux premiers chrétiens la sagesse des Anciens. Non, le christianisme n'est pas la plus ancienne religion, mais cela ne l'empêche pas d'être la seule vraie.

— M'dam, demanda Bozo, avez-vous entendu parler d'un nommé Mithra ?

Interloquée, Myra Buck répondit :

— Mais David…

— Oui ou non, m'dam ?

Bozo avait un pouvoir hypnotique sur les gens : déroutés, ceux-ci étaient poussés à obéir simplement pour fuir son regard. C'est l'effet qu'il produisit sur Myra Buck. Perplexe, elle répondit :

— Mithra était le dieu perse de la lumière…

— … qui naquit des siècles avant le Christ, lâcha Bozo d'un air détaché.

— Je l'ignorais.

— Et pourtant, c'est la vérité. Qualifieriez-vous Mithra de vrai dieu ?

— Il n'y a de dieu que Dieu. Celui qui nous a créés toi et moi.

— Donc Mithra était un faux dieu païen ?

— Exactement.

— Et tous ses enseignements étaient faux ?

— Aussi faux que le faux est faux.

— Mais vous rendez-vous compte (Bozo s'adressait à la classe comme un avocat à un jury) que la plupart des enseignements fondamentaux de la Bible ne sont que de simples adaptations des préceptes du faux dieu Mithra ?

— La Bible ne contient pas un mot que n'ait inspiré l'esprit de Dieu.

— Savez-vous que Mithra est né le vingt-cinq décembre ?

Toute la classe en eut le souffle coupé.

— La Bible ne dit pas que le Christ soit né ce jour-là, objecta Mrs Buck.

— Mais les chrétiens le disent, riposta-t-il.

Il ajouta avec un rien de suffisance :

— Et cela vous intéresserait peut-être de savoir que Mithra a reçu la visite de bergers après sa naissance…

— Voilà une piètre imitation de l'histoire du Christ, dit Myra Buck.

— Non, c'est le contraire. Mithra, comme je l'ai dit, a vécu des siècles avant le Christ.

— Tu es un suppôt du diable.

— Je suis un suppôt de la vérité, répliqua Bozo. Je pourrais aussi vous apprendre que l'histoire de l'ascension du Christ c'est une idée signée Mithra.

— C'est fini, oui ?

Myra Buck, écarlate, montrait les crocs.

Bozo fit non de la tête.

— Je commence à peine, Mrs Buck. Je ne fais que commencer. Savez-vous que le mystère de l'Eucharistie, lorsqu'on prend le pain et le vin et que Jésus est supposé dire : « Celui qui mange mon corps et boit mon sang aura la vie éternelle », n'émane pas vraiment du Christ et que ces paroles ont pour auteur Zarathoustra, un prophète de Mithra ? Il a dit : « Celui qui mangera mon corps et boira mon sang pour ne faire qu'un avec moi et pour que je ne fasse qu'un avec lui, celui-là connaîtra le salut. »

— Blasphèmes ! hurla-t-elle.

— Quant à la Trinité…

Mais Mrs Buck avait déjà pris un billet de parterre. Bras en croix, elle gisait, inconsciente. Un cri général de frayeur retentit et tous les élèves se dispersèrent – chacun pour soi et Dieu pour tous – tel un vol d'oiseaux effrayés par un coup de feu. Seuls, Bozo et Theresa se précipitèrent au secours de l'évanouie. Theresa était membre de la Croix-Rouge : elle ressuscita Mrs Buck en moins de deux.

Le directeur fut informé de l'incident. Une demi-heure plus tard, Bozo ne faisait plus partie des effectifs du lycée de Kagoro.

Renvoyé sec.

V

QUAND IL ARRIVA CHEZ LUI — après avoir
fait du stop et voyagé dans un camion
de légumes — Bozo fut stupéfait de constater
que sa mère était déjà au courant de tout. Il
arrivait avec peu de vêtements mais avec de
nombreux livres : il les entassa dans sa
chambre avant de prendre un bain et d'aller
faire une promenade avec un bouquin de Jack
Kerouac, le grand manitou de la *beat genera-
tion*. Il dénicha un coin frais au bord d'une
petite rivière appelée Rafin Tsalle, tout près du
cimetière de Kafanchan — un amas de croix
brisées, de tombes anonymes et de déchets
divers. Bozo s'assit là, dans une plantation
d'acajous où il lut jusqu'à saturation. Il s'as-
soupit. Quand il se réveilla, le soleil avait
sombré derrière les nuages et toute chose était
enfermée dans les yeux clos de la nuit. Il se
hâta de rentrer. En passant près des tombes
solitaires, il éprouva une sensation étrange.

Lorsqu'il arriva chez lui, sachant qu'à cette
heure-là sa mère devait se trouver dans la cuisine, il se mit à marcher sur la pointe des pieds.
Ce n'était pas le moment pour s'expliquer avec
elle. Il ouvrit la porte de sa chambre : sa mère

était debout devant ses livres de philosophie. Morose, il s'écroula sur son lit.

— David.

Il ne broncha pas.

— David, je veux te parler.

Il se redressa et la regarda. Elle s'était assise sur une chaise. Il lui demanda :

— Abe est-il au courant ? (Elle fit non de la tête.) De toute façon, il s'en ficherait royalement.

La voix de Bozo n'exprimait aucune amertume, simplement de l'indifférence – comme toujours, à présent, lorsqu'il parlait de son père.

— Vous avez des nouvelles de Moyo ?

Sa mère changea de visage. Elle lui parut tout à coup très vieille.

— Qu'est-ce qui ne va pas ?

Une inquiétude le saisit. Pourquoi le simple nom de Moyo plongeait-il sa mère dans un tel abattement ? Il fit un effort de mémoire. Maintenant, sa sœur devait être en cinquième dans une école quelconque de Jos. Moyo. Rebecca. Mae West. Sa mère ne répondait pas. Il demanda :

— Elle n'a plus ses règles ou quoi ?

— Je ne veux pas parler de Moyo, trancha sa mère.

— S'il est arrivé quelque chose, j'ai bien le droit de savoir, c'est ma sœur, non ?

— Si tu y tiens tellement, pourquoi ne pas le lui demander toi-même ? Dis-lui : « Ma chère petite sœur, n'ayant personnellement aucun problème, je te demande de te débarrasser de ton fardeau sur moi, présente-le-moi sur un plateau d'argent, et moi, plus arabe qu'Ali Baba, j'effacerai les quarante voleurs d'un seul coup de chiffon comme s'ils étaient dessinés sur un tableau noir. »

— J'ignorais que dans ton église, en plus de Jésus, on t'enseignait le sarcasme.

Mrs Abednego eut un sourire narquois.

— Tu serais scandalisé, mon cher fils, si tu savais ce qu'on nous enseigne en ces temps sans Dieu, pleins d'ignorance et de folie.

— Je suis peut-être ignorant, maman, fou probablement, mais sans Dieu, sûrement pas.

— C'est une grande consolation pour moi que tu reconnaisses ton ignorance. Cela peut au moins se corriger ici-bas.

— Je suis sérieux, maman, je suis très sérieux. Je crois en un dieu, mais ce n'est pas le dieu du fils de ta Madone blanche.

— Ma Madone ?

— Ta Vierge cucul qui accouche pile pour Noël. Foutre le camp de son village pour aller accoucher au diable vert d'un enfant de père inconnu, c'est du propre !

— Tu es un beau parleur ; tel père, tel fils. Vous devriez faire équipe pour écrire une *Encyclopédie des blasphèmes*.

— M'associer avec qui ? demanda Bozo déconcerté.

— Ton père bien-aimé, Abe Abednego.

— Veux-tu répéter son nom ?

— Abe Abednego.

— Je croyais que tu n'arrivais pas à prononcer « Abe » à une certaine époque.

— Comment le sais-tu ?

Mrs Abednego était certaine que Bozo n'avait jamais été témoin de ces conversations entre elle et son mari.

— J'avoue tout, fit Bozo : je suis très fort en écoutage de portes.

— Tu t'éloignes du sujet. Nous étions en train de parle de Dieu.

— Nous parlions de Moyo.

— Tu faisais la démonstration de ton ignorance en vomissant des blasphèmes contre notre vénérée Vierge Marie.

— Ton Dieu est un imposteur, maman. Faux comme un chèque sans provision.

— Et le tien, qui est-ce ?

— Mon dieu à moi ? Comment t'expliquer ? Il est partout. Tiens, en ce moment, il est ici. Tout entier présent dans chaque instant.

— Tu parles de Dieu tout-puissant.

— Non, maman, de moi. Je suis mon propre dieu.

— Tu t'es créé tout seul ?

— Non. Mais je suis là uniquement parce que je le veux bien. Sinon, je pourrais me supprimer, détruire ma personne physique.

— Oui, mais tu n'es pas capable de créer, seulement de détruire.

— Tu m'as créé, maman. Toi, avec cet homme qui se prétend mon père. Cela fait de vous des dieux. Si je décide de me marier et qu'avec ma femme nous donnions le jour à un enfant, grâce à ce pouvoir de création nous deviendrons des dieux. Si à son tour cet enfant en engendre un autre, il deviendra un dieu…

— Mais s'il est stérile ? Ou s'il décide de ne pas avoir d'enfants ?

— Il demeure un dieu. Chaque être humain vit d'une tâche à accomplir. En y parvenant, il atteint un niveau supérieur.

— Tu crois donc en un au-delà ?

— Le corps d'un être humain est un demi-dieu. Le dieu suprême, c'est l'âme, ce fil impalpable, ce trait d'union entre notre corps et l'au-delà.

— Ainsi l'âme est parfaite ?

— Oui. Elle est invincible. Et invisible.

— Donc l'âme est le dieu supérieur ?

— C'est un dieu tout-puissant.

— Peut-elle créer et détruire ?

— Elle est omnipotente, oui.

— Mais alors, qui a créé l'âme ?

Bozo eut un sourire bienveillant :

— Voilà pourquoi l'âme est dieu : à cause du mystère de sa création. Peux-tu me dire qui est le créateur de ton Dieu chrétien, par exemple ?

— Il m'a créée moi, c'est déjà très bien, dit Mrs Abednego, troublée, je n'ai pas envie de savoir comment il a surgi du néant. Je ne tiens pas à devenir folle. Concentre-toi cinq minutes, demande-toi comment le Tout-Puissant est sorti de l'œuf et tu deviendras fou.

— Exactement. Je t'ai dit que l'âme est un fil, ou une corde ; se demander comment elle a fait pour accéder à l'existence c'est comme tirer sur cette corde. Et si tu la tends à l'extrême, pour tout comprendre, tu deviens fou.

— Tu dis n'importe quoi, David.

— Je suis sérieux, maman. Sérieux à mort.

— Tu réussiras un jour à être mort, mais sérieux, jamais, soupira Mrs Abednego.

— Non maman, répondit Bozo en secouant la tête. Je suis plus sérieux que la mort, c'est pourquoi je ne prends pas la mort au sérieux.

Il était fier de sa repartie.

— Est-ce que je t'ai jamais dit ce que faisait mon père pour vivre ?

Elle avait une façon renversante de changer de sujet.

— Non, répondit Bozo dérouté. Jamais.

— Il était guérisseur. Oui, médecin traditionnel. Il était considéré comme un grand spécialiste dans son domaine. Il a guéri les fous les plus furieux, les plus incurables maniaques. Il vouait un culte au dieu du tonnerre. Chez nous, sacrifices et invocations faisaient partie de la vie de tous les jours. Il voulait que je lui succède. Il disait que parmi ses trente-trois enfants, les dieux m'avaient choisie moi. J'étais flattée comme tout, et, d'une certaine façon, j'ai répondu à l'appel des dieux. (Elle avala sa salive, l'air pitoyable, et poursuivit :) Mon père m'a transmis tout son savoir sur les cultes locaux. Les racines, les animaux, tout le bazar, plus les incantations spéciales. « Les filles ne vont pas à l'école, il disait, elles ne sont en sécurité que là où est leur place, dans la cuisine de leur mari. Mais toi, ma fille, tu n'es pas une femme, tu es une protégée des dieux, ton destin n'est pas le mariage car tu es déjà mariée aux dieux. » J'ai écouté et j'ai tout appris. Ensuite, je suis devenue chrétienne.

Elle se tut, s'armant de toute sa volonté pour retenir les larmes qui gonflaient ses paupières.

— Je devais être foldingue. C'est un de mes demi-frères qui m'a convertie au catholicisme. Celui qui m'a appris à lire… Tous mes frères et sœurs étaient chrétiens et le sont restés, mais moi je n'avais pas le choix, j'étais l'épouse des dieux, destinée aux cultes de chez nous. Alors, je me suis révoltée. Je suis devenue chrétienne, puis je me suis mariée avec un chrétien.

Elle se mit à rire. Bozo était fasciné par ce qu'il entendait.

— Tu imagines que ton père Abed a été autrefois un patient du mien ! On l'avait amené dans la « clinique » de mon père juste après la guerre contre Hitler. Il avait eu une crise de folie sur le bateau ramenant les troupes de Birmanie. État de choc, hallucinations, schizophrénie. Mon père l'a guéri au bout de quinze jours de traitement intensif. Mais ces deux semaines avaient suffi pour que nous tombions amoureux. Moi, de ses histoires de militaire, lui, de ce qu'il appelait mon innocence et ma beauté. En ce temps-là, je valais le coup d'œil.

Bozo n'en doutait pas : sa sœur Moyo était moulée d'après sa mère.

— Notre amour était devenu acharné, désespéré, poursuivit-elle. Il m'a demandée en mariage et je lui ai expliqué ma situation. Il est parti guéri mais fou d'amour. Trois mois après son départ, je suis devenue pratiquante. Quand nous nous sommes revus, deux mois plus tard, il a renouvelé sa demande. Je lui ai dit d'aller voir mon père. Il y est allé, les poches gonflées d'argent. Mais mon père n'a rien voulu savoir. Il lui a dit que j'étais déjà l'épouse des dieux : impossible de me marier une seconde fois. Il m'a rappelé que les dieux n'oubliaient jamais un affront, jamais ils ne me pardonneraient mon infidélité.

Les larmes avaient pris le dessus et ruisse-
laient sur son visage.

Bozo trouvait ridicule l'épisode des dieux, il
n'essaya pas de consoler sa mère.

— Tout cela est grotesque, maman. Les
dieux n'existent pas, ils sortent de notre esprit.
Nos ancêtres se sont dit : le soleil surgit à l'est
et s'éteint à l'ouest, la foudre anéantit, parfois
la pluie refuse de tomber, nous ne compre-
nons rien à ces trucs, alors nous leur vouons
un culte pour qu'ils soient bien gentils avec
nous. Voilà comment les dieux ont vu le jour.
Ils ne sont réels que par le bon plaisir de nos
rêves. Le seul dieu vivant c'est toi. Tous les
autres ne sont que des accessoires du Néant.

— Non, dit Mrs Abednego redevenue
calme. Je suis chrétienne mais je suis sûre que
les dieux existent. Ils sont réels et ils peuvent
être bienveillants ou mauvais, ils peuvent créer
ou détruire.

— Tu décris ton moi, maman, ton moi
essentiel, le moi qui se cache dans tes profon-
deurs, puissant et imprévisible comme un dieu.

— Ça suffit, David. Je ne supporte plus tes
diableries.

La voix de Mrs Abednego s'était affaiblie.

— Tu es un paradoxe vivant, maman. Tu
crois en un Dieu suprême mais en même
temps tu parles de l'existence des dieux.

— Je crois en Dieu tout-puissant, dit
Mrs Abednego. Mais je crois aussi à l'existence de dieux subalternes, ombres du Dieu
supérieur, le Dieu général.

— Le Dieu général… murmura Bozo son-
geur. Tu veux dire que ces soi-disant dieux

inférieurs ont des sphères d'influence particulières, limitées ?

— Le Dieu en chef leur a assigné à chacun une tâche précise et une zone de pouvoir, comme à des gouverneurs sous un régime militaire. Chacun doit sa nomination au chef de l'État, qui leur attribue la juridiction d'une région spécifique et leur délègue l'autorité de sa haute parole. Tous relèvent de lui.

— Tu veux dire que tous les petits dieux associés au général Dieu ne font qu'un seul et même Dieu omniprésent auquel il ne manque pas un bouton d'uniforme ?

— Oui.

— Mais ce n'est pas du tout ce qu'enseigne ta Bible, maman.

— C'est comme la Trinité.

— La Trinité est la version catholique d'une idée païenne qui remonte à la Rome antique. Elle ne figure pas dans ta Bible.

— Tu te trompes. La Bible mentionne le Père, le Fils et le Saint-Esprit…

— C'est une mauvaise interprétation des Écritures.

— Écoute, David, implora Mrs Abednego, ça fait une heure que nous parlottons mais si je suis venue c'est… c'est pour te prévenir : quelque chose de terrible va bientôt se passer dans cette maison…

Bozo retint son souffle.

— Il s'agit de Moyo ?

— Ça nous concerne tous. Les dieux continuent à se venger sur moi. Un malheur de plus dans le déluge de malheurs que les dieux ont fait pleuvoir sur moi depuis mon mariage avec ton père. Je sais que ça viendra, je sais que c'est tout proche. Je le sais. Mais j'ignore la forme que ça prendra cette fois.

— Cette fois ? Quelque chose de semblable t'est déjà tombé dessus ?

— Oui, toi.

— Moi ? Mais je ne suis pas tombé du ciel.

Sa mère eut un sourire forcé.

— Monsieur je-sais-tout, sais-tu pourquoi ton père – ton fabricant – te déteste ? Pourquoi ta seule vue lui fait horreur ? Pourquoi il souhaite ta mort de tout son cœur et ne s'arrête pas de prier pour que ça arrive ? Tu le sais ?

Je sais maman, je sais, voulut-il dire. Je sais pourquoi ce salaud me déteste, je sais pourquoi je le hais, et toute cette histoire je m'en fous. Mais au lieu de cela, il répondit « non ».

— C'est à cause de la malédiction des dieux, commença-t-elle. (Chimère, pensa-t-il.) Juste avant de naître, tu m'as causé beaucoup d'ennuis, c'est pour ça que je ne peux plus avoir d'enfants. Les dieux en ont décidé ainsi, mais ton père n'en sait rien. Il t'en rend responsable. Il ne peut plus me faire l'amour ; chaque fois qu'il veut s'unir à moi, il me revoit le jour où j'ai accouché de toi, à moitié morte, en sang, et il se met à pleurer comme un enfant. Ça fait plus de dix ans que nous ne dormons plus dans le même lit. Imagine, David, dix ans de mariage, de vie sous le même toit, dix ans de frustration… Pour lui, tout est de ta faute. Je lui ai proposé de prendre une autre femme, mais il refuse. Il dit que j'étais sa vie et que toi tu l'as anéantie. Tu l'as anéanti lui – et c'est pour ça qu'il te méprise tant…

VI

« ALORS TOUTE CETTE HISTOIRE, c'est la malédiction des dieux ?

— Oui.

— Et tu crois que ça va se reproduire ?

— Oui.

— Mais tu n'es pas enceinte.

— Ce ne sera pas forcément moi la victime.

— Ça pourrait être Abe, alors.

— Oui.

— Ou moi.

— Peut-être.

— Ou Moyo.

— Tu parles toujours de Rebecca.

— Tu as peur pour elle, je le vois, maman.

— Non, c'est pas vrai.

— Allons, c'est écrit sur ton visage.

— D'accord, j'ai peur pour elle.

— Qui te dit qu'elle est en danger ?

— L'intuition. Je le sens dans mes os.

— Et qu'est-ce qui va lui arriver, alors, d'après toi ?

— Je ne peux pas le dire, je n'en sais rien.

— Mais tu sens quelque chose de mauvais.

— Je sais que c'est quelque chose de terrible, un malheur terrible. »

VII

*E*N DÉBOUCHANT sur Market Road, où se trouvait leur maison, Bozo eut le pressentiment qu'un drame terrible venait d'arriver. Il se mit à courir, sautant par-dessus les charognes, fendant la poussière et les mouches.

Exact.

Devant la maison il y avait un attroupement. Que se passe-t-il, que diable s'était-il passé ? Il s'arrêta devant un groupe d'une trentaine de personnes.

— Qu'est-ce qu'il y a ? demanda-t-il à un vieil homme édenté qui habitait le quartier.

— Ah ! s'exclama quelqu'un. Voilà le fils. Demandons-lui pourquoi elle a fait ça. Pourquoi elle a fait ça, Bozo ?

— Oui, David, s'écria un autre, pourquoi elle a fait ça ?

— Pourquoi elle a fait quoi ? cria Bozo exaspéré.

— Allez Bozo, fit le premier, dis-nous. Tu nous connais bien, nous sommes comme une grande famille.

Bozo se précipita chez lui en les injuriant. Il y avait des policiers partout dans la maison, avec des trognes sinistres.

— Eh, toi, là, grogna un petit bleu, où tu te crois ? Fais comme chez toi !

— Que s'est-il passé, monsieur l'agent ? lui demanda Bozo avec angoisse.

— Qui es-tu ? interrogea le bleu.

— Le fils, lâcha Bozo, je suis le fils.

— Tu t'appelles ?

— Bozo. Bozo Macika.

Le bleu s'empressa de héler un inspecteur en train d'examiner la chambre de Bozo :

— Chef, chef, le fils est arrivé.

— Que s'est-il passé ? demanda Bozo qui tremblait. Qu'on me dise ce qu'il s'est passé !

— Un drame malheureux, murmura le bleu d'un air d'en savoir plus. Mais nous maîtrisons la situation.

— Où est ma mère ? demanda Bozo.

— Chef, s'écria de nouveau le bleu, je signale à votre attention que le fils est arrivé.

— Amenez-le-moi, lui répondit l'inspecteur.

— Mais où est ma sœur ? hurla Bozo.

— Ce sont des choses qui arrivent, récita le bleu, je suis désolé.

— Désolé de quoi ?

— Le chef veut te voir, t'as entendu ?

— Mais qu'est-ce qu'il est arrivé à ma sœur et à ma mère ?

— Ta mère va bien, dit le bleu avec une pointe de dégoût.

— Et ma sœur ? demanda Bozo en s'adressant à un sergent qui passait. Qu'est-ce qu'il est arrivé à ma sœur ?

— Laquelle ?

— Ma sœur ! J'en ai qu'une ! dit Bozo à bout de nerfs.

— Qui c'est ? demanda le sergent en s'adressant au bleu.

— Le fils, répliqua ce dernier. C'est le fils.

— Nom ?

— Bozo.

Le sergent le regarda.

— La femme n'a jamais fait mention d'un dénommé Bozo.

— Oui, ma mère m'appelle David.

— Alors c'est toi, David ? dit le sergent.

— Oui, mais où est ma sœur ?

— Le chef dit qu'il veut voir le ci-joint individu, sergent, articula le bleu sans même regarder Bozo.

— Écoutez, dit ce dernier désespérément, je formule la demande de savoir ce qui s'est passé dans cette maison.

— Le chef te le dira, lui répondit le sergent qui s'éloigna.

Bozo s'élança vers sa chambre. L'inspecteur était en train de la mettre sens dessus dessous.

— Qu'est-ce qu'il y a ? demanda Bozo.

— C'est toi le fils ? lui demanda l'inspecteur, interrompant sa besogne.

Bozo sentit qu'il était à un poil de perdre les pédales.

— « Qui es-tu ? C'est toi le fils ? » fit-il en singeant les policiers. C'est tout ce que vous savez dire ? Oui, c'est moi le fils, le fils c'est moi. Je ne vous demande pas qui vous êtes, je le sais. Vous êtes la police. Par contre, il y a une chose que j'ignore, c'est ce qui est arrivé ici !

L'inspecteur attendit que Bozo se calmât. Puis, posant un bras paternel sur son épaule, il lui dit :

— Un drame vient de se produire. Nous fouillons la maison pour voir s'il y a d'autres cadavres.

— Quels cadavres ? fit Bozo en se dégageant.

— Des crimes ont été commis ici, ce soir. Par ta mère.

— Ma mère ? fit Bozo stupéfait.

— Les victimes sont ta sœur et…

— Où est Abe ? demanda soudain Bozo.

— Qui est Abe ? s'enquit le chef de la police avec douceur.

— Mon père.

— C'est la deuxième victime.

— Où est ma mère ? demanda Bozo.

— Au commissariat central.

— Pourquoi la croyez-vous coupable ?

— Elle a avoué.

— Mais qu'est-ce qu'elle a dit, pourquoi aurait-elle fait ça ?

— Inceste.

Bozo se sentit blêmir, comme un pendu à l'instant où sa nuque se brise.

Le commissaire le considéra avec sympathie.

— Mrs Abednego prétend que son mari avait « une histoire » avec Rebecca. Et que ta sœur était tombée enceinte. Tout ça elle l'a découvert aujourd'hui. Dans un accès de furie, elle les a assassinés tous les deux.

— Avec quelle arme ?

— Couteau de boucher.

— Mais… mais comment aurait-elle pu les tuer tous les deux ? Abe et Moyo n'ont pas pu se laisser faire comme ça…

L'inspecteur approuva de la tête.

— Apparemment, ta mère a enfermé ta

sœur ici, dit-il en désignant la chambre.

Bozo regarda le sol. Couvert de sang. Il était au bord de la nausée.

— Après, continua l'inspecteur, elle s'est rendue dans l'autre partie de la maison où se trouvait son mari et elle l'a...

— Il n'a pas résisté ?

— Peut-être que oui, mais qui peut résister à une démente ? Après en avoir fini avec lui, elle est revenue ici et rebelote.

— Où se trouvent les corps ?

— À la morgue.

Bozo ne pouvait même pas pleurer.

VIII

*U*N COMMISSARIAT n'est pas un endroit où l'on va de bon cœur. Sauf, bien entendu, si l'on est policier. En dépit d'une vie plutôt mouvementée, Bozo n'était jamais entré dans un tel lieu. Même dans ses rêves les plus impitoyables, même dans les trésors d'épouvante de ses cauchemars les plus réussis, il ne s'était jamais retrouvé au seuil d'un commissariat.

Un édifice morne, décourageant toute description, et qui, bien que bâti au début des années soixante-dix, ressemblait davantage à une relique de l'ère coloniale qu'à un joyau architectural d'un pays en marche vers la modernité. La peinture était à vomir : un badigeon blanc qui s'écaillait sous les intempéries et les coups de ballon provenant du terrain de foot voisin.

On le conduisit dans une vaste pièce nue éclairée par une lampe posée sur une table. Sa mère était assise sur un banc. Ses yeux parlaient un langage impossible à écrire ou à comprendre. Elle semblait aussi étrangère à tout qu'un serpent à son ancienne peau. Elle avait changé. Bon sang, qu'est-ce qu'elle avait changé ! Plus du tout la même personne. Son être était comme sorti de sa coquille, il s'était écoulé goutte à goutte. Évaporé, mort. Seule restait la coquille.

Elle n'avait pas de menottes. Et pour une raison qui dépassait sa raison, Bozo en éprouvait du bonheur. Qu'on ne lui ait pas passé les menottes.

Debout à la porte, un policier les scrutait à fond les mirettes. Bozo avait l'impression d'être un spécimen de laboratoire. Il avait envie de dire au flic : « Barre-toi, mec. Barre-toi vers tes rêves fracassés, tes échecs aux examens et la frustration nihiliste qui t'a jeté dans la police. Barre-toi, mon vieux, va te soûler la gueule. Et tes yeux de veau, fous-les ailleurs. » Bozo voulait dire tout cela mais il ne dit rien, et chaque fois que leurs yeux se rencontraient, son regard se faisait mauvais.

Mais aussi vrai qu'un soldat n'est qu'un civil en uniforme, à être policier on n'en est pas moins homme. Ce n'était pas pour les accabler ni pour les écœurer que celui-là regardait Bozo et sa mère si crûment, mais par une curiosité naturelle, une fringale insatiable, innée chez l'homme, de tragique. Du sucre pour l'âme, le tragique. Aussi il n'en perdait pas une, il assistait en direct à un drame vivant, du pathétique vrai de vrai, de la télé en chair et en os.

— Maman, fit Bozo, ils m'ont dit que tu voulais me voir.

— Assieds-toi, David.

Sa voix, calme et douce, était comme le murmure d'une source. Il voulait crier : « Maman, maman ! » Il s'assit à côté d'elle, sous la violence de l'ampoule.

Elle commença :

— Quand Abed est rentré du bureau, ce soir-là, Rebecca est venue dans le salon où nous étions, elle voulait lui parler. Il m'ordonna de sortir immédiatement. Tu te rends compte ? Moi, sa femme depuis presque vingt ans, obligée de sortir parce que sa fille veut lui parler !... J'ai obéi. Seulement, la curiosité me prenant, je suis restée devant la porte. Je pouvais tout entendre. Rebecca a parlé la première. Elle a dit : « Abe, je suis enceinte. »

Une immense nébuleuse apparut dans le cerveau de Bozo et chaque étoile était une aiguille qui épinglait sa raison. « En l'air, se dit-il, je suis en l'air, en plein vide, mes pieds plantés au-dessus de ma tête. »

Des scènes de la Bible lui revinrent à l'esprit : *Lot monta de Ségor et alla habiter la montagne avec ses deux filles ; car il appréhendait de demeurer à Ségor. Il habita dans une caverne avec ses deux filles. L'aînée dit alors à la plus jeune : « Notre père est vieux... »*

La mère de Bozo continuait :

— Après ça, il y a eu un silence de mort. Abed a dit : « Non, c'est impossible, non... » Mais Rebecca insistait. « Je suis sérieuse », elle disait. Un test général de grossesse avait été effectué à son école. Après quoi, on l'avait convoquée et priée de quitter tout de suite l'établissement. Abed devait trembler dans sa culotte. Il demanda qui était le responsable. Sa voix n'était pas très assurée. Rebecca a éclaté de rire. Tu aurais dû entendre ça – et elle riait, et elle riait... Soudain elle s'est arrêtée net et elle a dit : « C'est de toi que je suis enceinte, Abe. »

... L'aînée dit alors à la plus jeune : « Notre père est vieux et il n'y a pas d'homme dans le pays pour s'unir avec nous selon l'usage de toute la terre. Viens, faisons boire du vin à notre père et couchons avec lui afin que de notre père nous fassions vivre une postérité... »

Mrs Abednego s'était tue, comme si elle avait perdu le fil de l'histoire. Son visage était déformé, tordu de douleur, on aurait dit un masque en caoutchouc jeté au feu. Elle continua tout bas :

— Quelle torture, j'ai cru mourir... Et puis je me suis dit que Rebecca ne devait plus avoir les yeux en face des trous. Elle jouait à papa-maman, c'était une énorme farce... Mais non... Tu sais ce qu'elle a dit après ? Elle a parlé de sa première expérience sexuelle. Avec ton père. Son père ! Il a défloré sa propre fille !

Dans la cervelle de Bozo c'était la débandade. Les idées fichaient le camp dans tous les sens. Les mots s'envolaient de lui pour sauver leur peau. Seule une chanson restait. Qu'il avait écrite. Faire des chansons ça lui était venu aussi naturellement que parler. *Bimbi Barrow la Terreur*. Pourquoi, maintenant, se rappelait-il celle-là plutôt qu'une autre ?

Une crotte sur le blason de famille, ce mec
Sa vie c'était une caravane d'échecs
En matière de déception
Il avait de l'érudition
Il avait quatre ans quand sa mère
Est allée se faire niquer sous terre
À quatorze ans il a pris son père
Et lui a mis une branlée d'enfer

Bimbi Barrow la Terreur on l'appelait
Avant même qu'il boive autre chose que du lait
Froid comme la glace
Méchant comme la gale
Du parking à la gare
Il conquit à la force de sa brouette
La couronne de roi de la brouette...

— Abed était complètement affolé, il s'est mis à gémir comme un chien. Rebecca, elle, elle n'avait plus sa tête, elle disait qu'avant ton père elle n'aimait pas les garçons – ou presque pas : bon, elle leur souriait, se laissait caresser les seins, du pelotage poussé mais pas plus : Stop, cher monsieur, pas un doigt plus loin. Mais « Abe » lui a ouvert les yeux et tout a changé.

C'était le roi
Aucun doute à ça
Quand avec sa meute de malpolis
Il fonçait au ciné voir Bruce Lee
Bimbi Barrow c'était la terreur du coin
Il fumait le plus sec et pissait le plus loin
Il tombait les nanas
D'un claquement de doigt
Vous aviez toujours peur que ce mec
Il vous pique votre gonzesse
Mais quand il le faisait vous fermiez le bec
Et vous serriez les fesses...

«... Abed lui a sorti qu'il était malade le jour où il avait couché avec elle, qu'il avait sûrement perdu la boule, perdu la boule à cent pour cent. En disant ça il avait l'angoisse à la gorge. T'en fais pas, a dit Rebecca, t'en fais pas. »

C'était un dur de dur
Fier d'être une vraie ordure
Quand il rappliquait, attention les yeux
Il engrossait les nénettes et adieu…

«… Fais l'effort pour comprendre, il a dit. Étant son père, il ne pouvait l'épouser.»

Mrs Abednego se tut un moment, puis :

— Cette fille doit être folle, David. Tu sais ce qu'elle a dit après ? On pourrait partir, elle a dit. À Port Harcourt, à Kano ou à Lagos, n'importe où loin d'ici. Aucun endroit au monde ne serait trop loin pour abriter leur amour. Ils seraient heureux…

Le flot de ses paroles s'interrompit. Son visage était sans expression, un masque en terre cuite. Elle fixait intensément Bozo et ses yeux se mirent soudain à miroiter comme des pierres précieuses dans le soleil.

Il tabassait leur père
Il enferrait leur frère
Histoire de montrer au populo
Qu'il était au-dessus du lot
Et à sa meute de rats
Que c'était lui le roi
Y a un gugusse qui te fait des misères ?
Bimbi Barrow lui fera son affaire
On t'a piqué ta mob, mis ta piaule au pillage ?
Va voir Bimbi Barrow, il fera le ménage
Jamais il n'a porté un cartable
Mais question couteau il était incollable
Deux plus deux font combien
Il n'en savait foutre rien
Mais un couteau dans le bide fait zéro
Ça il le savait, Bimbi Barrow

Un jour il partit à l'armée
On ne le revit plus jamais.

Bozo songeait à sa chanson. Peut-être qu'un jour j'écrirai quelque chose pour Fela*. En pidgin, bien sûr, notre parler à nous, la langue du ghetto. Mais... Bon sang, qu'est-ce qu'elle est en train de me raconter ?

« Alors, disait Mrs Abednego, j'ai perdu pied, la fureur s'est écoulée sur moi comme un seau d'eau glacée. Je voulais goûter du sang, goûter le sang frais de ce monstre que j'avais épousé il y a dix-huit ans, le sentir couler dans ma bouche et goûter aussi le sang de cette traînée du diable que, pendant dix-huit ans, j'avais cru ma fille. Ce sang, je voulais le vomir. J'étais hors de moi, folle furieuse. Je suis entrée dans la cuisine pour y prendre n'importe quoi qui coupe. Qui coupe bien. Mes yeux tombent sur ce long couteau que nous avions acheté à Noël pour tuer les chèvres. Je le prends, je vais au salon, mais je me suis souvenue qu'à cette heure-là tu risquais de te trouver dans ta chambre et d'être blessé si tu intervenais. J'arrive devant ta chambre, heureusement la clé est sur la porte. Je la claque, je donne un tour de clé et je reviens au salon. À ma surprise il n'y a qu'Abed. Je lui demande où est Rebecca. Il s'est mis à bégayer : « Elle est allée lililire un rororoman dans la chambre de Bobo... de Bozo. » Pour la première fois de sa vie il ne t'a pas appelé « fils de pute ». Je le regardais, il regardait le couteau. J'ai dit : « Comment as-tu pu être assez ignoble pour coucher avec ta propre fille ? — Qui te l'a dit ? » il a demandé.

Je lui ai répondu que j'avais écouté à la porte. Alors il s'est mis à raconter que tout ça était une erreur, une affreuse erreur née du désespoir, parce qu'il n'avait pas couché avec une femme depuis dix ans, et patati et patata. « Espèce de salaud dégueulasse, j'ai hurlé. Est-ce que je ne t'ai pas dit d'épouser une autre femme ? Je te l'ai dit ! Plusieurs fois ! Tu as toujours refusé ! Je t'ai dit que tu pouvais aller dans n'importe quel bordel de la ville si tu en avais besoin. Tu as refusé. Je t'ai dit et redit de le faire, tu n'as jamais voulu, jamais jamais. Comment as-tu pu être assez pourri pour te taper ta propre fille ? »

« Il a craqué, il pleurait, moi j'étais entrée en furie, alors je lui ai crevé le lard, un coup, deux coups, je ne pouvais plus m'arrêter. Il ne s'est pas défendu, il était comme anesthésié, gémissant : « Mon Dieu, mon Dieu » tandis que le couteau allait et venait.

« Ensuite je suis allée dans ta chambre. J'ai ouvert la porte et j'ai vu qu'elle était toute seule. Quand elle a vu le sang sur le couteau, la terreur a mangé ses yeux : « Maman, ne me tue pas ! », mais j'avais la rage, je lui ai dit : « Je te défends de m'appeler maman, espèce de Jézabel, pour toi je suis la péteuse. » Elle s'est mise à hurler. Alors je l'ai embrochée. Le couteau lui visitait les tripes, elle se débattait comme une bête blessée ; je l'ai clouée au sol. Après, tout a été comme dans un rêve… »

Une vraie scène de thriller, digne de *La Maison de l'horreur* de Hammer. Bozo avait écouté dans un silence atterré. Il voulait pleurer, tomber à genoux et hurler, mais il se contint, retenant dans ses yeux la lave brûlante de son émotion.

Longtemps – un millénaire pour Bozo – ils restèrent sans rien dire. Pas une larme chez elle, pas le moindre signe d'émotion, un air détaché, presque clinique. Elle lui faisait peur.

Pour rompre la tension, Bozo dit :

— Je crois que je vais partir, maman.

— Alors ce sera notre adieu, mon cher petit hérétique, dit-elle avec un sourire triste.

Bozo ne put s'empêcher de sourire aussi.

— Nous nous reverrons, maman.

— Sûrement quelque part en enfer.

— L'enfer n'existe pas. Sauf sur la Terre.

Et vite il sortit en lançant au passage un regard noir au policier.

L'inspecteur attendait Bozo à l'extérieur du bâtiment. C'était un homme à l'air bienveillant qui avait une famille à charge. Pendant la guerre civile nigériane*, sa femme avait reçu une balle dans le crâne, il savait ce que représente la perte d'un être cher.

— As-tu des parents ? demanda-t-il à Bozo. Ta mère aura besoin d'un avocat.

— Ça lui fera une belle jambe, dit Bozo.

— On pourrait la faire envoyer dans un hôpital psychiatrique.

— Vous vous foutez de moi, chef ? Rien au monde ne pourra lui éviter un rendez-vous avec le bourreau.

— Elle n'avait pas toute son intégrité mentale lorsqu'elle a commis ces crimes. Un bon avocat pourrait la sauver.

— Il plaiderait la folie ?

— Uhuh.

— Dommage qu'elle n'ait pas les moyens de payer un avocat, dit Bozo.

— Tu n'as pas des parents du côté maternel ?

— Ils vivent tous dans le Sud.

— Ta mère est du Sud ?

— Oui, chef. Mais moi je n'y ai jamais mis les pieds.

L'inspecteur marqua un temps.

— Où vas-tu aller maintenant ?

— Je n'en sais rien.

— J'imagine que tu ne rentres pas chez toi.

— Non. Cet endroit n'est plus chez moi.

L'inspecteur dévisagea Bozo.

— Présente-toi à mon bureau... disons demain ?

— Pourquoi ?

— On aura besoin de toi pour le procès.

— Je ne sais rien, je n'irai pas à un tribunal.

— Ton témoignage peut être vital pour la défense de ta mère.

— Quand a lieu le procès ?

— Dans une semaine environ. Nous aurons le rapport d'autopsie.

— Ah ! L'espoir renaît !

— C'est la loi, dit l'inspecteur qui se tourna vers l'entrée de son empire. À demain, et ne fais pas de bêtises.

Tandis que Bozo s'éloignait, l'inspecteur se retourna, le regarda un instant avec tristesse, puis hocha la tête et pénétra dans le bâtiment.

Bozo hâta le pas, sans savoir où aller. Il n'irait pas dans cette maison de Market Road. Il se sentait perdu comme un Blanc qui débarque à l'aéroport de Lagos et que les chauffeurs de taxi se disputent à coups de poing. Vidé comme un tonneau de vin de palme après une réunion d'étudiants. Son cœur n'était plus que du désespoir condensé. Il sentit les larmes menacer sa dignité en pleine rue. Brusquement la violence de sa douleur les fit éclater. Merde à sa dignité.

IX

*L*A DROGUE CULTE. Connue en Afrique du
Sud sous le nom de *dagga*, de *kif* en
Afrique du Nord, on l'appelle *haschisch* autour
des puits de pétrole d'Arabie, et *bhang* au pied
des montagnes de l'Inde. Aux États-Unis, en
argot des ghettos, c'est le *pot*, ailleurs la *marijuana*. Au Nigeria, elle porte plusieurs noms :
sly, the weed, stone, jazz, molla, jah, ou tout
simplement *grass*, l'herbe.

L'herbe sainte. Certains en mâchent les
feuilles mais la plupart des amateurs préfèrent
la faire sécher pour la fumer. Au début des
années soixante, la loi nigériane était impla-
cable pour ceux qui se faisaient prendre avec
de l'herbe sur eux. La loi avait décidé que
l'usage de ce psychotrope (terme utilisé par les
médecins) allait à l'encontre de la loi. À cette
époque, tout individu reconnu coupable de
détenir de l'herbe risquait la prison à vie. Mais
depuis peu la loi avait changé. À présent, pour
le même délit, on pouvait s'en sortir avec une
simple amende ou six mois de nourriture
hydrocarbonées ou carbohydratées dans une
prison douillette. Mais selon l'expression
populaire, la loi est une ânesse qu'il faut

envoyer paître. Les membres de la confrérie de l'herbe ne se contentent pas de ça ; cette loi cacateuse, ils lui crachent dessus.

Telle est la situation dans tout le pays. Dans les parkings et les gares, les cours de prison et les discothèques, les dortoirs de lycée et les salles de cinéma, chez les adolescents et les barbes grises, les voleurs et les policiers, dans les cités privées et les ghettos. L'herbe circule dans les veines du pays.

Bien que la société nigériane dispose d'un vaste éventail de produits de substitution à l'herbe, aucune de ces nouvelles drogues n'atteint la popularité de celle-ci. Prenez l'héroïne, par exemple ; sa consommation est beaucoup moins répandue. Cela s'explique par son prix exorbitant. Afin de s'assurer un approvisionnement régulier, un adonné doit disposer de quarante ou cinquante nairas par jour. Aussi l'héroïne est-elle réservée aux gens très fortunés et à ceux qui sont le mieux placés pour piller le Trésor public. L'herbe est plus démocratique. Elle coûte moins cher que certaines marques de cigarettes. Entre vingt et cinquante kobos le joint : avec cinq nairas, vous êtes tranquille pour deux mois.

Au Nigeria, on peut se procurer de l'herbe à peu près partout. Elle est cultivée de façon extensive dans des plantations clandestines situées aux endroits stratégiques du pays. La police, ou les cochons de Babylone, comme l'appellent les gens du milieu, est toujours sur le pied de guerre pour débusquer ces plantations. Mais elle est toujours prise de vitesse par les truands. Certains de ces agriculteurs très spéciaux décident par exemple de planter dans les cimetières, d'autres sur des hauteurs, d'autres encore simplement au pied des arbres ou de certaines plantes comme les cacaoyers.

La police finit bien par découvrir quelques-unes de ces exploitations, mais la plupart passent entre les mailles du filet. Le seul marché intérieur rapporte des milliers de nairas aux entrepreneurs. Mais si l'on prenait en compte leurs transactions internationales, les bénéfices de ces messieurs atteindraient des millions de nairas, de livres sterling ou de dollars.

La police a beau être vigilante, ce commerce sauvage ne cesse de prospérer. Ses tentacules vous étranglent, ses crocs sont mortels, son baiser tue, mais cela n'empêche pas des millions de jeunes frustrés et d'adultes découragés de se précipiter dans cette drogue, exactement comme un homme paie pour monter une pute en sachant très bien qu'il risque d'en redescendre avec la syphilis ou le sida.

Le lendemain de la tragédie, Bozo goûta l'euphorie illusoire de l'herbe.

L'herbe sainte. Le monde est petit et Kafan-chan plus encore où la main gauche n'ignore rien de ce que fait la droite. Un mot par-ci, un chuchotement par-là, et qui prêtait l'oreille au téléphone arabe était tout de suite au courant des dernières nouvelles. Même gosse, Bozo connaissait l'existence du commerce de Mitchell Socrate. Ce n'était pas son vrai nom mais il voulait qu'on l'appelle ainsi parce que, répétait-il, « dans mon village, celui qui veut partir voir le monde doit laisser son nom derrière lui ». On disait qu'il avait été boxeur, et même un bon boxeur (sa photo avait, paraît-il, souvent paru dans les journaux), mais la chance l'avait vite laissé tomber.

En une seule année, sur six combats, il fut éliminé cinq fois par ko technique. Ainsi se termina sa carrière. Rempli d'amertume, il s'engagea dans l'armée et participa à la guerre civile. Lors d'un échange de coups de feu, un projectile ennemi lui creusa un trou de la grosseur d'une balle de ping-pong dans les joues. Ses dents étincelantes, ses dents de toute une vie, trente et une exactement (il en avait perdu une durant son stade pugilistique), volèrent en éclats. Cela arriva le neuvième mois de cette guerre qui dura trois ans. Mitchell passa les vingt-sept mois suivants en convalescence dans un hôpital militaire. À sa sortie, malgré les couches de peau synthétique qui accomplissaient le miracle de cacher les trous dans ses joues, les médecins militaires ne réussirent pas à lui rendre sa dentition. Faute de mieux, ils lui donnèrent un dentier. Tout cela fractura sa vie, surtout en matière de femmes. Avant la guerre il exerçait sur elles des ravages furieux, il faisait griller leur cœur en brochette : célibataire des plus séduisants, il était sans conteste un bon gibier de mariage. Mais après s'être fait « niquer la gueule », c'est tout juste s'il pouvait passer pour le lointain descendant d'une espèce de singe disparue, dont la laideur avait découragé le temps. Pour parler net, il était aussi attirant que des chiottes bouchées.

Comme s'il s'était réveillé d'un rêve d'opium, il voyait l'univers mis à l'envers. Le

destin l'avait expédié au tapis. Lui qui autrefois provoquait des carambolages de femmes
était à présent un pestiféré. Pire : où qu'il
aille, il devenait un centre d'attraction, un
objet de pitié, surtout dans les villes où il avait
connu la gloire en ensanglantant les rings. Ça
le frappait dur.

Un jour, il décida que la seule façon de ne
pas virer cinglé c'était de s'exiler dans l'anony-
mat d'une banlieue.

Il débarqua à Kafanchan.

Comme il le disait à ses amis (en faisait partie quiconque ne s'apitoyait pas sur sa tête), ses
derniers principes d'honnêteté avaient plié
bagage à l'instant où ses dents avaient fait la
valise. Dieu avait cogné fort, Mitchell ne lui
devait plus rien. Il avait acheté un réservoir et
il s'était mis à vendre du kérosène. Mais ce
n'était qu'une couverture ; dans l'arrière-bou-
tique il vendait de l'herbe à qui en voulait. Il
était réapprovisionné tous les quinze jours par
courrier spécial de Lagos. En un rien de
temps, la boutique de Mitchell devint un haut
lieu de turpitude où les jeunes se faufilaient la
nuit avant de mettre la tête au carré à leur prof
le lendemain. Toute la ville était au courant
des « business transactions » de Mitchell. Seule
la police avait la bonne grâce de ne rien voir.

Il fut le premier baron de l'herbe à ouvrir
un comptoir à Kafanchan, aussi avait-il un
léger avantage sur des dealers établis récem-
ment, comme Steven Daniel Stephen qui passait d'ailleurs pour quelqu'un de malhonnête.
L'herbe de Mitchell défonçait mieux et, par-
dessus le marché, il avait l'âme grande. Si un

client à lui était arrêté en possession d'herbe, Mitchell remettait ses gants pour lui venir en aide : il prenait un avocat et allait même jusqu'à payer les amendes. Une telle allonge de cœur le rendait très populaire.

Bozo se rendit chez lui à la suite de la tragédie familiale, comme pour se libérer momentanément du travail de vivre.

De retour du commissariat (l'inspecteur l'avait informé que d'après l'autopsie Moyo était enceinte de deux mois au moment de sa mort), il n'eut pas le courage d'aller présenter ses derniers respects à sa sœur et à son père, à la morgue.

Il n'arrivait pas encore à réaliser les événements de ces deux derniers jours : son renvoi du lycée (ce n'était pas une grosse affaire, bien sûr), la mort de son père et de sa sœur, le massacre commis par sa mère... Il se souvenait pourtant de leur conversation, quand il avait été viré du lycée, le jour où elle lui avait dit pressentir qu'une chose terrible allait arriver à Moyo. S'il avait su ! Ah, s'il avait su ! Mais comment aurait-il pu savoir ? Et même, qu'est-ce qu'il aurait pu faire ?

L'événement était si juteux que deux journalistes de Jos, l'un de la radio, l'autre d'un journal, étaient arrivés en ville pour glaner des détails sur « le meurtre le plus sensass de l'année ». Bozo les avait envoyés balader.

Il découvrit soudain qu'il était aimé. Lui, le bâtard numéro un de la ville, s'en retrouvait le héros. Le plus menu vermisseau, le moindre rat de carrefour pensait avoir le droit de l'accoster en pleine rue en lui lançant :

— C'est toi, le fils ?

— Oui, et le Saint-Esprit, répondait-il.

— Ah ? disaient-ils en arrondissant les yeux comme s'ils voyaient Aristote Onassis pour la première fois de leur pitoyable existence ; et, baissant la tête, ils demandaient sur un ton de conspirateur : C'est vrai qu'elle a fait ça parce que… ? Mmh ?…

— C'est ça, elle a fait ça exactement pour ça, répliquait Bozo avant de poursuivre sa route.

Ce genre de truc lui crevait le cœur, à tel point qu'une fois il informa une vieille fouinarde que s'il avait eu un couteau sur lui il lui aurait fait goûter un petit morceau de fer cru.

Dans la solitude de sa chambre, Bozo se sentait comme un poisson dans un seau d'eau bouillante. Il se surprit bientôt à recréer en imagination les détails du carnage. Après tout, il avait eu lieu dans sa chambre. Les images arrivaient une à une : la folie, la colère, la flamme carnassière dans les yeux de l'assassine, l'épouvante tranchante, les supplications paniques, la terreur de la victime…

Tandis que les lames de ses pensées lacéraient le tissu de sa raison, il s'était souvenu de Mitchell Socrate. Lui, Bozo, qui n'avait jamais tiré une bouffée de cigarette, ni à plus forte raison fumé de marijuana ; lui, le seul et unique buveur d'eau de la famille… Mais c'était en un autre temps, le temps où il avait son père pour l'appeler « fils de pute », sa mère pour causer religion et sa sœur pour parler pelotage. Fini, ce temps, les uns reposaient dans les tiroirs d'une morgue glacée, l'autre attendait sans une ombre de remords dans une cellule obscure un rendez-vous avec le bourreau.

Mitchell Socrate. Bozo l'avait entendu dire par des tas d'anciens copains de classe : une seule tige de son herbe et tu grimpes aux rideaux. Il se souvenait vaguement des paroles d'une chanson de Bob Marley qu'il avait souvent entendue dans la salle de réunion du lycée, au cours des rencontres hebdomadaires du club « loisirs ». Elle s'intitulait *Kaya*. Le maestro du reggae y décrivait ce qu'il ressentait en fumant de l'herbe.

Je tombe dans du miel
Et je caresse le ciel
Je nage, je nage
Au-dessus de l'orage
Je me sens si bien
Avec mon voisin
Tant qu'il y a
Du kaya, du kaya, du kaya…

Exactement ce que Bozo voulait. Planer. À présent, il se trouvait au bord d'un précipice, au creux d'une vague de désespoir. Il voulait planer, essayer d'échapper – peu importait pour combien de temps – aux tentacules de la pieuvre Pensée. La Pensée. Il voulait se libérer de cette saloperie envahissante.

Alors il se leva, ferma sa porte à clé et partit chez Mitchell Socrate qui habitait dans les faubourgs nord de la ville. Sa maison se trouvait coincée entre une petite rivière et une plantation d'acajous. Bozo ne mit qu'un quart d'heure : au lieu d'emprunter la route, il prit le sentier de brousse. Pour y arriver, pas besoin de franchir la rivière, mais il fallait traverser la plantation.

La maison de Mitchell n'était en fait qu'une velléité de maison, un assemblage de bois et d'aluminium qu'une main ingénieuse avait trituré et transformé en une sorte de canette de bière cabossée. Malgré son charme bohème, Bozo la trouvait plutôt repoussante. La maison Carabosse, pensa-t-il. Il dépassa le réservoir de kérosène et se retrouva dans une petite pièce qui ressemblait à une *bukataria*, un de ces petits restos de rue. Perchée sur un tabouret, les yeux clos, une fille d'une vingtaine d'années somnolait dans une bulle de torpeur. Il devait être midi. Bozo se demanda si cette léthargie était due à la chaleur. Sur un jean délavé, elle portait une tunique *fulani* bien propre.

— Bonne journée, ma sœur, lança-t-il.

Elle se secoua, se frotta les yeux, bâilla sans mettre la main devant la bouche et trimballa sur lui un regard accablé d'ennui.

— Reviens plus tard, mister.

Lorsqu'elle parla, ses lèvres parurent esquisser un sourire. Mais ce n'en était pas un.

— Je, euh…

Bozo se sentit soudain terriblement gêné de débarquer ainsi à l'improviste. Pauvre crétin que je suis, se dit-il, tu vois pas comment elle te regarde, du fond de ses bâillements, comme si tu étais Hitler, Vorster* ou Amin Dada…

— Si tu veux voir Mitchell, vas-y de suite, tu déranges mon répare-bouille.

— Ton quoi ? demanda Bozo amusé.

— Mon sommeiiiiil, bâilla-t-elle. (Puis, avec

un sourire chiffonné :) J'ai une gueule de bois carabinée, je suis rentrée très tard de boîte.

— Oho ! s'exclama Bozo en rendant son sourire à la *disco-girl* avant de pousser la porte pour entrer dans l'autre pièce.

Une douce obscurité sous-marine y régnait. Éclairée par une ampoule bleue qui s'allumait en tirant sur un cordon, la pièce était généreusement meublée de canapés, de tables basses, de tapis, d'un petit réfrigérateur, d'un ventilateur à pied et d'une chaîne stéréo de luxe. Un petit téléviseur protégé par une belle couverture tricotée se tenait en équilibre précaire sur le réfrigérateur. Près de la chaîne stéréo se trouvaient un casier de trente-trois tours et un panier de cassettes. Le mur disparaissait sous des affiches de musiciens et de boxeurs célèbres. La chaîne émettait la musique agressive du provocant album de Fela en tête du hit-parade, *Zombie*. Malgré le volume très bas, on distinguait clairement chaque mot du texte satirique du roi de l'*afro-beat*.

Un colosse à la gueule ravagée en qui Bozo reconnut tout de suite Mitchell Socrate était allongé sur un canapé, l'air pensif. Bozo ne l'avait jamais vu mais ça ne faisait pas un pli que ce géant avait été boxeur.

Un sourire amical, fraternel, éclaira les traits terriblement rebutants de Mitchell ; l'espace d'un instant, Bozo aurait juré que cet épouvantail à chacals avait jadis été beau. Le sourire naturel et engageant essayait de compenser la laideur du visage. Au fond, se dit Bozo, un type bien n'a pas toujours une bonne trogne.

Mitchell Socrate se leva.

— Je suis Mitchell Socrate. Mes amis, ils m'appellent Mitchell. (Son sourire s'élargit.) D'ac, c'est pas mon vrai nom. C'est un pseudonyme, comme dirait un bouquineux dans ton genre. Pareil qu'Alexander Biyidi qui se fait appeler Mongo Beti. Lui, il a la chance de se souvenir de son vrai nom. Mais moi, je suis un mou du caillou ; du jour où les gens se sont mis à m'appeler Mitchell Socrate, j'ai oublié mon vrai nom. La chose en soi elle ne me gêne pas, mais vu que je ne suis pas un phare, Socrate c'est pas l'idéal comme nom. Socrate passe pour un philosophe rapide à la détente, pas pour un bouché dans mon genre.

Bozo eut un sourire amusé. Ce type allait lui plaire.

— Prends-toi un siège, lui ordonna Mitchell, et dis-moi comment qu'on t'appelle.

Bozo s'assit sur un canapé.

— Bozo. Bozo Macika. Mon père m'appelait « fils de pute ». Je n'ai pas d'amis. Appelle-moi comme tu veux.

Mitchell se rassit et examina attentivement son visiteur.

— Bozo ça me botte. Sauf erreur, t'es lycéen.

Bozo fit non de la tête.

— Je l'étais.

— T'as du diplôme ?

— Non. Viré. Pour conduite antichrétienne, dit Bozo d'un ton acerbe.

— T'as pas l'air d'être un membre associé.

— Un membre associé ?

— Un herbimane, expliqua Mitchell.

— Un herbi… ?

Mitchell se mit à rire.

— Compris, tu ne prends pas de *jazz*.

— C'est quoi le *jazz*, au juste ?

Mitchell lui demanda avec détachement :

— Stups ?

Bozo resta interloqué.

— Quoi ?

Très calme, Mitchell précisa :

— Tu fais partie des stups ?

Ébranlé, Bozo répondit :

— Je ne comprends pas ce que vous dites.

Alors, avec une patience de psychiatre face à un grand débile, Mitchell expliqua :

— Seuls viennent ici ceux qui veulent de la marijuana, et puisque t'es là, je suppose que c'est pour ça. Tu peux être des stups, et alors ? Je le cache pas que je trafique, la marijuana c'est mon gagne-pain, j'en ai pas honte.

Bozo eut un rire gêné.

— Mais pourquoi est-ce que je serais un agent des stups ?

— D'abord, t'as même pas l'air d'un type qui fume du tabac, alors de l'herbe… D'ac, c'est pas toujours vrai… et puis question marijuana tu connais même pas le parlage correct. Le moindre camé, il sait comment qu'on dit.

— Vous ne croyez pas que si j'étais un Sherlock Holmes garanti authentique, j'aurais appris ma leçon avant de partir en mission ? Je me serais bien documenté sur votre parlage, comme vous dites.

Mitchell retrouva son sourire.

— Sherlock Holmes, ça date, comme dirait Begin. Nick Carter ou James Bond seraient plus actuels.

— Vous avez de la culture.

— Non, pas trop. Avant je m'étais inventé de faire écrivain, figure-toi… Voir les mots se mettre à respirer, collectionner la vie, s'envoler à pleine tête, prendre ses rêves au sérieux… Mais j'ai changé d'avis quand j'ai vu la gloire et le fric que la boxe peut procurer.

— Et comme ça vous êtes devenu boxeur ?

De vieux moments de gloire remontèrent à la gorge de Mitchell.

— Les journaux me donnaient pour le Nigérian qui avait le plus de chances de remporter le titre mondial depuis Dick Tiger. Mais je me suis mis à frapper mou, j'ai fait quelques erreurs chérottes, ça punchait trop sec pour moi, alors j'ai jeté l'éponge. Il se tut, l'air sombre, puis il secoua la tête comme pour envoyer dinguer ses souvenirs acharnés.

— Si t'es pas flic, alors qu'est-ce que t'es, mon loustic ?

Bozo hésitait. Mitchell demanda :

— T'as déjà pris de l'herbe ?

— Non, jamais, répondit Bozo.

— Tu fumes même pas de cigarettes ordinaires, c'est ça ?

— Exact.

— Et tu carbures à l'eau.

Irrité de la facilité avec laquelle on pouvait le mettre à nu, Bozo grommela :

— D'accord, je ne bois pas non plus. À quoi vous voyez ça ?

Mitchell haussa les épaules et lui adressa un large sourire.

— Je ne vais pas te raconter des blagues ou me monter la tête en disant que j'ai un don de télépathie. Non. Pour parler franco, on lit aussi facilement en toi que dans un livre ouvert – enfin, pas un qui cause pour pas qu'on sache de quoi y cause, un livre ouvert fastoche à lire, je veux dire.

— Très flatteur, dit Bozo aigrement.

— T'as besoin de te documenter pour écrire quelque chose, c'est ça ?

Bozo sourit.

— Peut-être qu'après tout on ne lit pas aussi facilement que ça en moi. Non, je ne suis pas un écrivain en herbe.

La perplexité était revenue dans le regard de Mitchell.

— Alors pourquoi tu viens ? Je pensais que peut-être tu cherchais des trucs à dire pour un journal. Si c'est pas ça, qu'est-ce que tu fais dans ce repaire de filous et de mécréants ?

— Vous vous dépréciez trop, Mr Socrate.

— Madone noire, s'exclama Mitchell, je t'ai dit de m'appeler Mitchell !

— Pardon, Mitchell. C'est parce que ça me rappelle des souvenirs.

— Quels souvenirs ?

— J'appelais mon père Abe.

— Qu'est-ce que le nom de ton père a à à voir avec le mien ?

— Oh, dit Bozo avec lassitude, je ne sais pas. Ça m'est venu à l'esprit comme ça.

— Il est mort ?

— Qui ? grogna Bozo.

— Ton père mon gars. Tu viens de parler de lui au passé.

Bozo soupira bruyamment.

— Oui, ce vieux jeton est mort hier.

Soudain, Mitchell s'écria :

— Maria, ramène tes fesses.

Un instant plus tard, la *disco-girl* ensom-
meillée apparut dans l'encadrement de la
porte. Elle bâillait encore, mais cette fois la
main devant la bouche. Elle regarda Mitchell,
l'air agacé.

— Qu'est-ce qu'il y a ?

— Écoute, Maria, fit Mitchell, je te l'ai dit :
si tu as sommeil, va dans ta chambre et dors.
Le réservoir est vide pour au moins une
semaine, il n'y a aucune raison que tu restes là
à t'emmerder. (Puis, se tournant vers Bozo :)
Je te présente Maria, ma chère sœur. Tout ce
qu'elle est fichue de foutre c'est d'aller disco-
ther. Sa spécialité c'est de se faire les dents sur
moi… Maria, tu te rappelles le nom du fils de
la mère-massacre ?

Bozo tressaillit.

— David, d'après ce qu'on dit. David
Machin, ou Machin David.

— Bon, tu peux aller dans ta chambre
maintenant. Et quand tu te seras reposée,
viens prendre ton fric.

— Oh, Mitchell ! tu es gentil ! chanta-t-elle.

Et pour lui prouver qu'elle n'était plus en
rogne contre lui, elle l'aida à changer le trente-
trois tours. Elle mit *Catch a Fire* de Bob Marley avant de se diriger vers sa chambre.

Mitchell se tourna vers Bozo.

— Alors c'était un mensonge ?

— Quoi ? aboya Bozo.

— Ton nom.

— Oh ! fit Bozo en éclatant de rire. David
était mon nom de baptême. Comme je ne suis

plus chrétien, j'estime que je ne m'appelle plus ainsi.

— Maintenant je pige pourquoi t'es là.

— Pourquoi ?

— Parce que tu as des tas de choses à oublier.

— C'est ça.

— Tu veux décoller ?

— Oui.

— D'ac, Bozo, dans une dizaine de minutes tu caresseras le ciel.

Mitchell souleva sa lourde carcasse du canapé et sortit de la pièce.

Bozo regardait pensivement une affiche de Jimmy Cliff. Quelque chose en lui l'incitait à décamper avant que Mitchell ne revînt. Une voix le pressait de faire marche arrière, il faillit partir. Mais lorsqu'il se souvint de la prison lugubre où il devrait retourner, il se dit que, vu son moral, il risquait le cercueil.

Mitchell revint. Il portait une petite assiette avec des brins d'herbe sèche. Il les fit glisser sur du papier et bricola rondement une cigarette. Puis il la porta à ses lèvres, en pinça l'extrémité et l'alluma.

Il aspira très fort et Bozo vit avec surprise qu'il avalait toute la fumée et la gardait dans ses poumons. Après un long long moment, Mitchell expira la fumée : une odeur âcre envahit la pièce. Elle prit le nez de Bozo au débotté. Nausée monstre. Envie de dégueuler tripes et cerveau. Mitchell sourit d'un air entendu et lui offrit le joint. Maussade, Bozo le prit d'une main mal assurée.

— Aspire, lui dit Mitchell. Comme si tu faisais un exercice de respiration.

Bozo inhala.

À peine cet arôme supraterrestre parvint-il à son cerveau qu'il éprouva une sensation d'égarement total et une douleur aiguë comparables à ce que ressent une vierge au moment où un pénis lui défonce la foufoune. Comme si un million de diables avaient choisi sa tête comme lieu de congrès et la transformaient en foutoir infernal. Il exhala la fumée et fut pris d'une violente quinte de toux. Le joint tomba sur le tapis.

Mitchell lui donna un verre d'eau froide qu'il avala d'un trait.

— Encore un peu ? lui demanda-t-il.

Bozo fit non de la tête.

— Écoute, lui recommanda Mitchell, prends ton temps et inhale la fumée plus lentement. Te précipite pas. Qui trop se hâte reste en chemin.

Bozo acquiesça et prit le joint que lui tendait Mitchell. Il aspira, comme s'il mangeait un morceau d'igname, en mâchant et en salivant avant de déglutir. Cette fois, son cerveau était moins xénophobe. Il accueillit cet étrange visiteur avec une certaine chaleur. Bozo eut la sensation extraordinaire que tout son corps s'embrasait… Ses neurones s'envoyaient en l'air, c'était Canaan sous un crâne, une bacchanale intérieure, un paradis maison. À peine entendit-il Mitchell lui demander :

— Tu sais pourquoi j'ai choisi le nom de Socrate ?

— Non, Mitchell, fit-il machinalement.

— C'est quand j'ai été libéré de l'armée.

— Z'étiez dans l'armée ?

— J'ai combattu pendant la guerre civile.

— Ah.

— Ils m'ont presque fait sauter la carafe.

— 'reusement qu'un « presque » ça ne tue même pas une mouche.

D'où je sors un cliché pareil, moi ?

— En tout cas c'était du très presque pour ma pomme. M'ont creusé un trou comme le poing dans les joues et z'ont fait valser mes putains de dents.

— Dou-ouce souffran-ance, cher-che pays de mon...

Merde, je dis n'importe quoi et c'est même pas drôle.

— Madone noire ! je voulais changer de nom rapport à mon foutu trou de balle dans la gueule et alors je me suis souvenu avoir lu quelque part que Socrate, le philosophe athénien, il n'était pas très regardable. Je me suis dit : pourquoi pas ? Et je me suis rebaptisé Socrate. Bon, est-ce que tu veux acheter de la marijuana ?

— Je vais réfléchir à la question.

— Ça te plaît pas ?

— Laisse-moi réfléchir à la question.

— Allez, t'as peur ou quoi ?

— Pas peur j'ai mais point emballé ne suis.

— Si t'as le moindre problème, j'ai un avocat.

— Un avocat ne fait pas le printemps.

— Alors, tope là ou pas ?

— Tope là.

X

ON LA TRAITA comme une haute personnalité. Avec tout le tintouin dû aux célébrités. Deux motards intrépides suivaient le fourgon de police en exécutant des acrobaties à faire tomber Newton sur le cul.

À neuf heures, la salle d'audience était déjà pleine comme un œuf. Certains, venus pour reluquer la sorcière, avaient assiégé la salle dès cinq heures du matin. En arrivant tôt, ils étaient assurés de se trouver une bonne place à l'intérieur. Les autres, arrivés à partir de huit heures, devaient se contenter de rester debout à l'extérieur. Un troupeau de journalistes, munis de carnets, d'appareils photo et de magnétophones, avaient déjà débarqué.

On avait détaché au tribunal une armada de policiers qui suaient sang et eau pour contenir la cohue des spectateurs. Ils devaient fréquemment faire usage de leur cravache pour cingler le derrière de certains excités.

Il régnait une telle pagaille que cela aurait mérité le prix Nobel du bordel. Une apocalypse miniature, c'était, un chaos en règle.

Deux grosses femmes policiers, aussi affriolantes que des briques, aidèrent Mrs Deborah

Abednego à descendre du fourgon.

L'accusée respirait la sérénité d'une jeune fille qui sort du confessionnal. Aucun air contrit, pas la moindre trace de remords sur ce visage qui allait faire la une des journaux du lendemain.

Bozo arriva au tribunal à neuf heures trente. Trop tard pour pouvoir pénétrer dans la salle d'audience : les gens étaient si collés que même les mouches devaient rebrousser chemin. Il resta dehors, debout sous un saule, en attendant une possibilité d'entrer.

En réalité son retard était délibéré. L'inspecteur lui avait dit qu'il n'aurait plus à témoigner, ce dont il lui fut reconnaissant. Il ne voulait pas assister à la lecture des accusations. Il n'aurait pu le supporter.

— Le voilà !

— Le fils ? Oui, c'est bien lui.

— Celui-là, là-bas ?

— Oui, c'est lui.

— Sous le saule ?

— C'est lui, oui.

— Avec l'affreux pantalon ?

— C'est ça, oui, c'est lui.

— Le pauvre... Le pauvre fils de pute...

Bozo se tourna vivement en direction des voix, mais avant qu'il ait pu les exterminer du regard les gens avaient disparu. Les questions avaient été posées par une femme. Et elle avait dit quelque chose qui lui avait rappelé son père. Impossible de préciser quoi mais cela lui avait rappelé Abe.

— Espèce de pute... fit Bozo assez fort pour qu'elle entende.

Il y avait quelqu'un d'autre sous le saule : un petit monsieur surexcité que Bozo vomissait déjà des yeux. Il portait une chemise à manches longues et un nœud papillon. Un sous-chef d'arrière-bureau, ou un rase-paillasson de ce genre. Marié, vu sa touche (avec ce regard injecté d'angoisse d'un homme à peine capable de subvenir aux besoins de sa populeuse famille, et dont la femme va bientôt accoucher de jumeaux). Son excitation n'arrivait même pas à dissimuler les sillons creusés par les soucis. Lorsque Bozo dit « pute », l'autre pensa qu'il parlait de l'accusée et crut bienséant d'approuver.

— J'ai en effet le sentiment, dit-il en imitant un héros de télévision ringard et oublié, qu'il s'agit d'une vraie pute.

— Qui ? demanda Bozo.

— L'accusée, bien sûr, répondit l'autre avec une lueur d'agacement dans l'œil.

— Qui c'est, l'accusée, au juste ? demanda Bozo sans se démonter.

— Une pute.

— J'ai pas demandé ce qu'elle faisait mais qui c'était, grinça Bozo.

Le petit monsieur lança à Bozo un regard réprobateur, puis il dit :

— Je ne suis pas professeur de sémantique.

Tu ne professes que ta connerie monstre, pensa Bozo.

Il détestait ce genre : les types qui ont réponse à tout et parlent comme leur chef.

Il lui adressa un sourire préfabriqué afin de le mettre en confiance et demanda :

— Êtes-vous marié ?

— En quoi mon état civil vous importe-t-il ?

— Simple curiosité, dit Bozo en élargissant son sourire.

— Tout à fait, je suis marié.

— Vous avez des enfants ?

— Absolument, j'en ai quatre.

Et il n'avait pas plus de vingt-cinq ans !

— Et à l'heure où nous parlons, votre épouse attend un autre heureux événement ?

— Euh… précisément, oui.

Cette question creusa un peu plus ses rides précoces.

— Vous êtes auxiliaire de bureau, c'est ça ?

— Chef auxiliaire de bureau, siffla l'homme.

Alors Bozo lança sa grande offensive.

— Vous avez jamais entendu parler du planning familial ?

— Mais qui êtes-vous ? lui demanda le chef auxiliaire, franchement agacé.

— Mettons un télépathe, répondit Bozo qui ne s'était livré qu'à de simples supputations.

Ignorant ce qu'était un télépathe mais se gardant bien de le révéler, le chef auxiliaire déclara :

— Votre planning familial est un meurtre aux yeux du Créateur. C'est à Lui seul qu'il revient de limiter les naissances.

— Je vois que vous êtes une âme profondément religieuse, dit Bozo.

— Je me flatte de n'être qu'un modeste adorateur du Christ, répondit le chef auxiliaire, raide comme la justice.

— Alors, permettez-moi de vous bénir, dit Bozo, au nom du Père, du fric et du singe Esprit.

Et il le planta là.

Quatre heures plus tard, Bozo se trouvait encore à poireauter dehors. Le soleil chauffait dur, sans égard pour personne.

Ce n'est qu'au crépuscule que l'audience fut suspendue. Deux heures plus tard, au commissariat, Bozo put demander à l'inspecteur quand elle reprendrait.

— La semaine prochaine, jeudi.

On était mercredi.

— Que plaide-t-elle ?

— Coupable, en invoquant la folie.

— Je pourrais la voir ?

— Impossible, fit l'inspecteur. Dis-moi... tu as été malade ou quoi ?

— Moi ? Non, chef. Pourquoi ?

— Tu as pas mal changé depuis l'autre jour.

Une sonnette d'alarme retentit dans la tête de Bozo. L'herbe ! L'herbe ! Il essaya un sourire et trouva un mensonge.

— En ce moment j'ai de ces migraines...

Le policier semblait inquiet pour lui.

— Surtout n'hésite pas à venir me voir si tu as besoin d'aide. Ce qu'il te faut surtout c'est du sommeil. Tu penses beaucoup à ta mère, c'est ça ? (Bozo fit oui de la tête.) Suis mon conseil, fils. Ne t'empoisonne pas l'esprit avec des idées noires.

— Oui chef, dit Bozo humblement.

— Le sommeil c'est ce qui marche le mieux.

— Oui...

— Tout ira bien. Dors. Aie foi en Dieu.

— Uhuh..., répondit Bozo.

— La foi peut déplacer les montagnes.

— Uhuh...

Une semaine plus tard, Bozo se retrouva au tribunal pour entendre le verdict.

Après un interminable discours truffé de citations, lardé de références et assaisonné de dits, de contredits et d'embrouillements de toutes espèces, le juge condamna Mrs Deborah Abednego à finir ses jours à l'asile. Son indulgence s'expliquait par sa conviction que les deux victimes avaient effectivement entretenu une relation incestueuse et que l'accusée avait agi sous l'emprise d'une crise de folie qui se déclencha consécutivement à sa prise de conscience *de visu* et *in situ* de la susdite relation incestueuse…

Bozo pensa : « Ils auraient mieux fait d'en finir avec elle. »

Mais c'était un cas pour le cabanon. De toute façon, il s'en fichait. Il avait l'herbe.

XI

*L*A SEULE CHOSE qu'elle sait faire c'est d'aller travailler son jeu de jambes dans les discothèques, disait souvent Mitchell au sujet de Maria. Ce n'était pas tout à fait exact.

Maria Odum n'avait rien d'une romantique. Exploitée sa vie entière par une société dévorante qui ne voulait pas d'elle mais qui ne la lâchait pas, qui la serrait de plus en plus fort dans ses griffes tout en lui crachant dessus, elle avait le sentiment que le sort lui avait toujours fait la gueule, du moins jusqu'à l'entrée de Mitchell Socrate dans sa vie. Parfois, elle pleurait en secret dans sa chambre, violentée par des souvenirs, rongée par une enfance qu'elle ne pouvait oublier. Comment aurait-elle pu ? Misère et violence, violence et misère depuis toujours, toujours.

Son père était un bon à tout faire, un spécialiste des petits boulots minables. Ses compétences s'étendaient de la maçonnerie à la réparation de roues de bicyclettes, en passant par la menuiserie, la plomberie, la peinture, la cordonnerie, le tissage et les travaux agricoles. Se déplaçant sans cesse, il trimait au gré des saisons, de la demande et de la géographie.

L'air d'un déterré, incapable de faire la différence entre le jour et la nuit, titubant d'un boulot à l'autre, il errait de ville en ville dans une quête sans fruit et sans fin de sécurité financière et de paix spirituelle. Sa vie, c'était pas du gâteau : illettré de A à Z, marié comme un rat à dix-sept ans et père jusqu'au cou : sa lapine de femme avait accouché sept fois de jumeaux.

Seule fille parmi les quatorze enfants, Marie grandissait en solitaire – une intruse méprisée et mise au ban par ses frères. Aucun d'eux n'avait fréquenté l'école : pas l'argent, pas le temps. À cette époque, l'éducation était le privilège d'une élite. Chaque année, son père ou ses frères aînés recevaient le fouet ou se voyaient incarcérés pour retard dans le paiement des impôts. Chaque adulte de chaque famille de ventre-creux était tenu par la loi de payer l'impôt. La loi, censée protéger tout le monde, ne respectait personne. Peu lui importait où et comment vous vous procuriez l'argent mais vous deviez le sortir. Fais ce que tu veux mais paye. Paye et fous le camp. Allez dire au gouvernement que votre repas quotidien se compose de trois maigres rations de *garri* avec des *kulikuli* ou des noix pilées. Allez lui dire que votre patron vous extorque la moitié de votre paie sous menace de licenciement et qu'il la dépense en bières et en sauteuses – bedaine pleine pour seul idéal et fesses de putes pour seul horizon.

Bien sûr le gouvernement vous invitait, vous recommandait, vous suppliait de lui faire part de vos doléances. Mais les bienheureux ronge-dossiers de l'administration étaient beaucoup trop occupés dans leur labyrinthique fromage. Le gouvernement considérait les riches, les « ayants de quoi », comme un mal nécessaire et les pauvres comme un matériau exploitable. Ainsi, tandis que les dirigeants faisaient du vent et que les riches conchiaient joyeusement le pauvre monde, il ne restait plus aux sans-le-sou qu'à se démerder avec leur fumier, qu'à ramer à mort dans le cloaque.

Les impôts. L'année où la famille Odum avait tenté de s'installer sur les rives du Niger pour essayer de survivre de la pêche, deux des frères de Maria s'étaient enragés contre des fonctionnaires des impôts. Après avoir administré une bonne raclée au percepteur et à sa flicaille, ils s'étaient déshabillés, avaient dit au revoir à leur famille, puis étaient entrés dans le Niger. Debout sur la berge, Maria, âgée de cinq ans, avait candidement agité la main tandis qu'ils s'éloignaient, pénétrant dans les eaux de plus en plus profondes du fleuve qui les avaient engloutis.

À six ans, au chevet de son père agonisant miné par la tuberculose, elle s'était mise à réfléchir dans l'odeur terrible de la mort. Les mourants sont censés prononcer des derniers mots mémorables, hélas l'occasion ne fut point offerte au père de Maria d'apporter sa modeste contribution aux archives de cette charmante tradition. En effet, juste avant de rendre son dernier soupir, un flot de sang avait bouché la trachée-artère : lors de son ultime tentative pour articuler, seul avait giclé de sa bouche un flegme violacé et visqueux.

Personne ne pleura car pleurer était tabou dans la famille Odum. Cela était réservé aux moments de joie (si rares qu'on pouvait les compter sur les doigts de la main) lors desquels il était d'usage de rire aux larmes.

Malgré l'absence de pleurs, la perte d'un père et d'un mari fut cruellement ressentie. La famille avait décidé que la moindre des choses était de l'enterrer dignement, mais dignes ou pas les enterrements ne sont pas donnés, et les membres de la famille Odum envoyés en délégation auprès des autorités funéraires pour demander une concession étaient restés bouche bée en entendant le fossoyeur réclamer un pot-de-vin pour daigner les diriger vers le responsable chargé d'attribuer les emplacements. Après avoir empoché tout leur argent, le fossoyeur, un n'a-qu'un-œil gargouillesque, leur avait annoncé qu'il était justement lui-même le responsable auquel il avait promis de les envoyer. Avait suivi un numéro de repentir digne du meilleur théâtre de Broadway : N'est-ce pas, vous comprenez, mon salaire net mensuel de base il est si rikiki que ma femme et mes gosses, si je m'en contente, ils n'auront bientôt plus que la peau sur les os. Tout est si dur aujourd'hui. Je vous donne un formulaire ? Si vous voulez, je peux le remplir à votre place… Il les informa qu'une concession pour une personne coûtait cinquante livres (cela se passait du temps des livres sterling). Cinquante livres ! Il s'imaginait que l'argent leur tombait du ciel ? Alors, au plus noir de la nuit, deux des frères de Maria tentèrent de déposer subrepticement le cadavre de leur père à la morgue de l'hôpital, afin que le gouvernement prenne à sa charge l'enterrement. Malheureusement, ils furent agressés par un gang qui sortait du cinéma. Le gang avait voulu voir ce qu'ils transportaient. Une bagarre éclata et, dans la furie collective, les deux garçons furent battus à mort.

En apprenant le décès de ses fils, la mère de Maria disjoncta. Écran noir dans la tête, programmes interrompus à jamais. Un jour, elle quitta Maria et ses frères. On ne la revit plus. Cependant, en écoutant ses frères chuchoter dans leur lit, Maria sut que sa mère, devenue une sorte de timbrée ambulante, dormait dans des décharges et récoltait quelques pennies en chantant des chants funèbres à l'entrée des hôpitaux. Tels des météores, les frères de Maria disparurent l'un après l'autre de sa vie. L'un devait finir dans le *Bar Beach Show*. Un seul, Nuye, était resté auprès d'elle.

C'était son frère jumeau. Tous deux avaient à peine neuf ans quand les Odum s'étaient éparpillés comme des graines. Eux, ils avaient échoué à Port Harcourt. C'était juste après l'indépendance, et cette ville, comme toutes les autres villes du pays, n'était pas équipée de water-closets ; la plupart des gens disposaient de seaux hygiéniques. Nuye, petit garçon agressif mais introverti qui avait les yeux tristes de son père, avait dit à sa sœur qu'il tenait à ce que l'un des deux acquière de l'instruction ; Maria étant la cadette (de vingt minutes), ce devait être elle. Pour payer les études de sa sœur, Nuye prit un emploi de vidangeur de nuit.

De sa vie Maria n'oublierait jamais la puanteur qui, vers minuit, lui bombardait le nez, lui nouait les tripes, et qui annonçait le retour de son frère. Il avait la responsabilité des seaux d'une longue rue habitée par la fine fleur de la ville. Les gens aisés pouvaient se permettre de beaucoup manger et avaient donc de gros boyaux. Toutes les nuits, en compagnie d'un vieux petit bonhomme frêle, Nuye transportait les seaux trois kilomètres plus loin. Ils vidangeaient la merde puis revenaient chercher la suite. Certains paysans payaient Nuye pour qu'il leur apporte cet « engrais ». Une nuit, après avoir vidé un seau, le vieux petit bonhomme s'était plaint d'une raideur dans les jambes. Le temps que Nuye vienne voir ce qui n'allait pas, l'autre s'était écroulé mort sur un tas d'excréments.

L'agressivité rentrée de Nuye lui avait toujours donné une sorte de singularité macabre, mais avec son corps presque transparent et ses yeux de braise on le considérait comme un petit gars inoffensif. C'est pourquoi, lorsqu'il avait rapporté les faits à son patron, ce dernier l'avait cru. Mais la police n'avait pas voulu admettre qu'un homme approchant pourtant les cinquante-cinq ans et qui s'était plusieurs fois plaint du cœur eût pu tomber raide mort sans un mot. Il faut dire qu'il avait perçu sa paie le matin de sa mort. Et que, malgré toutes les recherches, on ne retrouva jamais cet argent.

À quatorze ans, Nuye fut accusé d'homicide. Il nia avec véhémence mais personne ou presque ne le crut. Cette histoire suscita une telle publicité qu'un jeune avocat frais émoulu de la faculté de droit se proposa pour assurer sa défense à titre gracieux.

Un génie du barreau. En une seule audience il réussit à ouvrir des failles de la grosseur d'un traité de droit dans la trame de l'accusation. Il allégua qu'aucune autopsie n'avait été pratiquée sur la victime. Il compara la police aux médecins nazis de la Seconde Guerre mondiale qui prétendaient vouloir créer une race d'hommes à l'intelligence supérieure afin d'améliorer le monde ; mais le massacre de tant de cobayes humains avait démenti leurs nobles intentions. Le public fut impressionné non pas tant par ses efforts louables pour innocenter son client que par sa virulente dénonciation des méthodes expéditives de la police.

Nuye fut acquitté. Plusieurs policiers furent dégradés pour négligence dans l'exercice de leurs fonctions. Une équipe de télévision attendait aux portes de la prison pour couvrir la libération de Nuye. Un prodigieux élan de compassion s'empara du public. Le reporter de la télé venu pour interviewer Nuye et sa chère sœur jumelle lança même un appel de fonds.

Des milliers de nairas furent récoltés. Mais Nuye et sa sœur n'en virent jamais le bout de la queue d'un seul. Le charme et la douceur des billets furent trop grands pour le reporter, exemple parfait de celui qui peut résister à tout sauf à la tentation. Résultat des courses, il disparut avec l'argent. On l'aurait dernièrement aperçu au Texas.

Mais l'avocat se cramponnait. Pendant toute la durée du procès, il était resté en contact avec Maria. Un regard par-ci, un petit geste par-là, et les voilà amoureux à lier. L'avocat proposa de financer les études de Maria. Ils se marieraient plus tard, lorsqu'elle serait majeure. Nuye quitterait son emploi de vidangeur pour travailler dans une compagnie pétrolière.

Les choses tournèrent court. L'avocat appartenait à une famille fortunée : sitôt qu'elle eut vent des projets romantiques de son fils avec cette petite ramasse-miettes, elle le força à épouser une fille convenable.

Désabusé, Nuye se tourna vers la bouteille et obtint rapidement ses galons d'ivrogne. Une nuit, après une beuverie particulièrement croquignolette, il retourna en pilotage automatique à la maison où il vomit tout ce qu'il savait. Maria dormait. Comme il est de bon ton chez les grands ivrognes, il mourut noyé dans son propre dégueulis.

Maria, une rien-du-tout de quinze ans sans personne au monde, seule dans une société qu'elle méprisait de tout son être, décida que la voie la plus facile était celle qu'avaient prise ses deux frères voilà longtemps déjà dans le Niger : elle décida de marcher dans l'océan jusqu'à plus soif.

Elle mit ses habits du dimanche, fit ses adieux au corps de Nuye et chercha un endroit solitaire au bord de la mer. Comme elle était croyante, elle récita une petite prière avant d'entrer dans l'eau. Quelques secondes plus tard, elle entendit un beuglement :

— Eh ! Va pas te foutre là-d'dans ! Reviens ! N'y va pas !

Maria se retourna et aperçut un mammifère gesticulant. À sa vue, elle eut un choc : son visage violenté, saccagé, sens dessus dessous, ressemblait à la charogne d'une grenouille prise dans un piège à souris. Il lui inspira un tel effroi qu'elle le prit pour un monstre marin surgi des eaux pour la dévorer. Folle de terreur, elle se mit à courir et pénétra plus avant dans la mer. La force de l'eau la renversait, mais chaque fois, comme une poule ivre, elle se relevait et continuait sa course panique avant de piquer du nez à nouveau. Elle sentit l'eau l'envelopper, la pétrir. Elle ne pouvait plus courir, ses pieds ne touchaient plus le sable, le courant la secouait comme une chiffe. Soudain elle comprit qu'elle était en train de mourir. En train de… de… Elle commença à se débattre dans la mer, lançant des appels frénétiques, mais chaque fois qu'elle ouvrait la bouche, un plein bol d'eau salée s'engouffrait en elle.

Brusquement, elle se sentit saisie très fort par en-dessous et ramenée vers la terre. C'était l'homme à la tête froissée. Une fois qu'il lui eut fait expectorer l'eau qu'elle avait avalée, elle eut enfin le courage de lui demander d'une voix enrouée :

— Qui êtes-vous ?

L'homme eut un rire cassant, ardu. Un rire à sec dépourvu de toute gaieté. Il lui dit :

— Je ne suis pas un monstre de l'espace.

Trop engourdie, elle ne répondit pas.

L'homme au visage pas possible poursuivit du même ton grinçant :

— Depuis ma sortie de l'hôpital, je parcours

ce satané pays en long et en large, et tout le monde a l'air de me prendre pour une créature tombée de Mars.

Il forçait la dureté de sa voix : Maria devina sa détresse et son immense solitude. Elle se mit à pleurer, non sur elle mais sur le désespoir émanant de cet homme irregardable qui venait de lui sauver la vie.

— Arrête de pleurer, lui dit-il, ignorant la véritable raison de ses larmes.

Soudain, il sourit. Il ressemblait presque à un être humain. Presque. Il lui dit :

— C'est con de chialer au bord de la mer. Personne te récompensera pour ta peine. Si tu veux devenir pleureuse, pourquoi tu vas pas au Sahara ?

Maria cessa de pleurer.

— Excuse-moi, dit-elle en s'efforçant d'esquisser un sourire qui glissa sur ses lèvres un quart de seconde et disparut comme une bulle de chewing-gum.

— Comment tu t'appelles ?

— Maria, murmura-t-elle.

— Maria.

L'homme répéta son nom doucement en ne le prononçant qu'avec deux syllabes.

— Ton nom a un truc à voir avec la révolte.

— La révolte ?

L'homme secoua la tête.

— T'es une révoltée. Tu attendais beaucoup de la vie, t'as récolté des nèfles, alors t'as décidé de te révolter contre la vie. Tu as choisi de te la prendre. De te la voler.

Un « ah bon ! » plein d'amertume sortit de la gorge douloureuse de Maria.

L'homme poursuivit sur le ton grandilo-
quent qu'il avait adopté :

— Cela vaut-il vraiment la peine de se tuer
pour un garçon ?

— Je n'avais pas l'intention de me tuer,
s'écria Maria.

L'autre continua, imperturbable :

— Non, ça ne vaut vraiment pas la peine de
se tuer pour un petit ami (ou une petite amie)
qui t'a trompée.

— Nuye ne m'a pas trompée !

— Oh, alors c'est son nom ? Nuye.

L'homme sourit d'un sourire de psychiatre
ravi d'avoir touché le point sensible.

— Était-il si beau que ça ?

L'homme eut un rire caverneux et se passa la
main avec gêne sur le visage.

— Non, répondit Maria avec sincérité. Il
aurait pu, mais il a trop souffert dans sa vie.

— Il est mort ?

— Ce matin, lâcha Maria.

L'homme baissa la tête. Il avait compris.

— Suis désolé, dit-il. Tu allais l'épouser ?

— Nuye était mon frère jumeau, répondit
Maria d'une voix faible.

L'homme resta un long moment silencieux.
Visiblement, il ne savait que dire.

— Suis désolé, répéta-t-il.

Maria l'observait en silence. Comment
était-il possible qu'un homme qu'elle voyait
pour la première fois de sa vie puisse la comprendre si vite et partager ainsi sa douleur ?

— Où habites-tu ? demanda-t-il.

Elle lui indiqua son adresse.

— Avec tes parents ?

Maria fixa le sable.

— Nos parents sont morts il y a sept ans.

Elle considérait que sa mère folle était aussi morte que son père.

— Avec qui habitiez-vous ? demanda l'homme doucement.

— Nous étions seuls au monde.

Les mots étaient sortis presque trop vite de sa bouche.

— En Afrique, c'est impossible.

— Comment ça ?

— Vous deviez bien avoir un peu de parentaille quelque part.

— Ah oui ! Nous avions quelqu'un. Un frère aîné. Nous avons vu des photos de lui dans les journaux, le mois dernier. Il avait acquis une certaine célébrité.

— Bon, très bien, raisonna l'homme, donc il doit être riche. Il faudrait essayer d'entrer en contact avec lui.

Maria eut un sourire impénétrable.

— Les photos des journaux ont été prises après son exécution. Son activité c'était le vol à main armée.

— J'aime bien qu'on évite de se foutre de moi, grogna l'homme.

— Je t'ai dit que nous étions seuls au monde, dit Maria redevenue sérieuse.

— Donc t'as plus personne.

— Oui, je suis seule.

Frappée soudain par la pleine signification de ces mots, elle se mit à trembler.

— Tu n'aurais pas dû me sauver.

— Je t'ai pas sauvé la vie, dit l'homme doucement, c'est toi qui as sauvé la mienne.

Maria le regardait en clignant des paupières. Elle se sentait lasse.

— Je m'appelle Mitchell, dit l'homme. Mitchell Socrate. Je suis ex-sergent de l'armée. J'ai été boxeur avant, mais pas le genre roi du ring, tu vois. À l'époque, sans vouloir me vanter, j'étais très beau. Oui, j'étais séduisant et tout. Je posais pour des marques de cigarettes et de savonnettes. Mais pendant la guerre du Biafra j'ai eu le visage défoncé. Comme un immeuble éventré par une grue. J'ai passé deux ans et quelques mois dans un hôpital militaire, ça a servi à rien. Maintenant, en me voyant, les femmes regardent ailleurs, les hommes regardent leurs pieds et les enfants ferment les yeux. J'ai fait le pays dans tous les sens, de Lagos à Onitsha, de Katshina à Katsina-Ala, j'ai cherché un endroit où les gens n'auraient ni gêne, ni pitié, ni peur devant moi. Mais un coin pareil, ça n'existe pas. Ce matin, en descendant du train, je me suis dit : « J'ai envie de voir Port Harcourt. » Alors j'ai pris un taxi pour visiter la ville et j'ai vu cet endroit. La mer. La mer toute belle, toute blanche. Elle ondulait, pleine de sourires voluptueux, les vagues me faisaient de l'œil. Je me suis dit : « Pourquoi pas maintenant ? Pourquoi pas ici ? Pourquoi ne pas tout arrêter là, pour toujours, jeter cette vie cabossée, sortir de ce cul-de-sac universel et monter dans les eaux éblouissantes ? » Alors je suis descendu du taxi et j'ai marché vers l'océan. C'est à ce moment que...

— ... que tu m'as vue.

— Que je t'ai vue, ouais. Je t'ai vue sur la

plage en train de faire une prière. Après t'es allée vers l'eau, et d'un coup j'ai compris, je sais pas à quoi, que j'avais devant moi un être au cœur plus cabossé que le mien. Alors j'ai couru pour te sortir de la flotte.

— Ah, mon Dieu…, soupira Maria avec un faible sourire.

— Tu crois en Dieu ?

— Et toi ?

Mitchell haussa les épaules.

— Ça m'arrive quelquefois.

— Dieu n'arrive pas quelquefois, dit-elle d'un ton réprobateur. Dieu se trouve partout tout le temps.

— Probable que oui, dit Mitchell absorbé dans ses pensées.

Il fronçait les sourcils. Ces rides nouvelles empiraient son visage.

— Qu'est-ce qu'il y a ?

Mitchell claqua des doigts :

— J'ai une idée !

— Une idée ? fit Maria en fixant le sable. Quel genre d'idée ?

— Le genre « lapin blanc ».

— Le genre quoi ?

— Le genre d'idées qui sortent du chapeau d'un coup de baguette magique.

— Ohohoho…

— Tu connais Kafanchan ?

— J'en ai entendu parler.

— C'est une petite ville vers le nord. Je veux m'y installer et monter une affaire. Je n'y suis allé qu'une fois mais ça m'a plu.

— Alors… ?

— Je me demandais simplement si…

— … je pourrais t'accompagner ? dit Maria.

— C'est ça.

— Réponse : non.

— Bon.

Mitchell haussa les épaules. Après un bref silence, il demanda :

— Je suis si laid que ça ?

À quoi bon mentir ? Elle haussa les épaules style « je préfère ne rien dire ».

— Un jour, à Lagos, fit Mitchell d'un air rêveur, une poule m'a dit qu'elle préférerait encore coucher avec un chien plutôt que de m'approcher.

Gênée, Maria garda le silence.

— Alors j'ai eu pitié d'elle.

— Toi, pitié d'elle ? ne put-elle s'empêcher de dire.

Il lui lança un regard dur :

— Tu ne m'as pas demandé pourquoi j'ai eu pitié d'elle.

— Pourquoi ?

— Parce que si j'avais été un chien (il sourit avant l'uppercut) je ne l'aurais pas approchée. Elle sentait le vidangeur.

Maria sentit son sang se glacer.

— J'ai dit quelque chose qu'il fallait pas ?

— Les chiens mangent bien la merde, dit-elle lentement.

— Mais ils ne la baisent pas.

— Tu es champion, question grossièreté.

Mitchell se tut. Puis il dit :

— Tu veux être ma sœur ?

— Quoi ? demanda Maria.

— Tu crois que parce que je parle de fesses je veux faire tam-tam la galette avec toi. Mais non. Tu comprends, ma petite Maria, la fille que j'ai aimée n'est plus qu'une idée. Elle a beau avoir fichu le camp de ma vie il y a long-temps, elle est encore là dans mon cœur. Je l'aime toujours. Et toi, Maria, je t'aime aussi mais pas de la même façon. Je t'aime comme un frère, pas comme Roméo aimait Juliette. Aujourd'hui, ton frère est mort ; je veux que tu me prennes pour sa réincarnation. Je veux que tu sois ma sœur.

À partir de ce jour-là, les gens les crurent frère et sœur. Au fil du temps, ils finirent aussi par y croire.

Jamais ils ne profanèrent ce lien secret, pas même en secret.

XII

MARIA INITIA BOZO à l'art de l'amour. Un dimanche après-midi, alors qu'il somnolait sur son lit en rêvassant aux belles choses qu'il aimerait faire, il entendit frapper à la porte de sa chambre. Avant qu'il se fût levé pour ouvrir, Maria était déjà entrée.

— Salut, Maria ! (Il sauta du lit.) Tu viens de la messe ?

En guise de réponse, elle vint s'asseoir à côté de lui.

— Il y a un problème, Maria ?

— Oui, Bozo, dit-elle d'une voix douce. Le problème c'est toi.

— Je ne comprends pas, dit-il, mal à l'aise.

Allait-elle le laisser tomber ? Avait-elle trouvé quelqu'un d'autre ?

— Quel âge as-tu ? fit-elle.

— Dix-neuf ans.

— De quel signe es-tu ?

— Scorpion.

— Scorpion, tu es Scorpion ? dit-elle en jouant la surprise. Moi qui pensais que les Scorpion étaient romantiques !

— Je ne suis pas romantique, moi ? s'indigna-t-il.

— En tout cas nous sortons ensemble depuis bientôt trois mois et tu n'as même pas essayé de me toucher.

— De te toucher ?

— De me caresser. Vraiment bien. Tu vois ce que je veux dire ?

— Mais…

Merde, pensa-t-il, qu'est-ce que je dois dire ? Maria se déshabillait.

— Ce que je veux maintenant…

Bozo sentit ses jambes se crisper.

— … ce ne sont pas des caresses…

Il avala très fort sa salive.

— Ce que je veux, dit Maria toute nue, c'est que tu me fasses l'amour.

Il était comme paralysé.

— Alors, s'irrita-t-elle, tu es homo ou quoi ?

Reprenant ses esprits, il se déshabilla maladroitement tandis que Maria lui couvrait le corps de baisers humides et bruyants, telle une poule picorant dans l'herbe.

Plus tard, Bozo se sentit merveilleusement bien, comme jamais dans sa vie.

— Qu'y a-t-il de mieux que de faire l'amour ? demanda-t-il à Maria.

— Refaire l'amour, répondit-elle.

XIII

*J*USTE À CÔTÉ de la plantation d'acajous s'amoncelaient les ordures d'une décharge. Le soir, les marchands de fruits venaient y déposer leur chargement de pelures d'oranges et tous les deux jours les ménagères venaient y vider une brouette de déchets. Parfois, de retour de la rivière, un individu répondant à l'appel de la nature avait le culot de s'accroupir au-dessus des immondices en putréfaction, au vu et au su des promeneurs innocents qui se dirigeaient vers le cours d'eau. Lorsqu'ils longeaient la décharge, ceux-ci retenaient leur respiration ou se pinçaient le nez jusqu'à ce qu'ils l'aient dépassée. Ils débagoulaient alors des propos venimeux contre ces parasites qui se soulageaient aux frais de la princesse en tirant des gueules de victime de la fatalité. Pressant le pas, les promeneurs, sourcils réprobateurs et lèvres pincées, s'indignaient des habitudes répugnantes de leurs concitoyens, et en particulier de ceux qui s'arrogeaient le droit de s'approprier n'importe quel lieu pour en faire leur petit coin personnel. Ils critiquaient le « dégouvernement », lançaient des invectives contre les « réglementeurs » et, criant fort et marchant droit, poursuivaient leur chemin dignement avec la bonne conscience de l'ouvrier qui a fait de la belle ouvrage.

Mais sur le chemin du retour, quelques heures plus tard, ressentant eux aussi l'appel pressant de Dame Nature, ils baissaient leur pantalon avec la fébrilité et l'urgence d'une femme enceinte et s'accroupissaient soigneusement au-dessus des détritus, le visage contracté et grimaçant, sous les regards méprisants d'autres promeneurs.

Au beau milieu du dépotoir, s'étendait un carré de terrain d'aspect lugubre. Là se dressaient des centaines de petites croix qui regardaient le ciel comme des bouteilles de bière alignées sur une table de bar. Certaines de ces croix en bois blanc étaient éparpillées en menus morceaux autour des tombes qu'elles surmontaient jadis. Sous les nuits d'orage, des pierres tombales s'étaient peu à peu émiettées et subissaient le baiser humiliant de la terre rouge. Celles qui avaient eu la chance de ne pas être réduites en poussière gisaient n'importe où. D'autres, béantes, s'ouvraient aux rayons de soleil, tel un décor de mauvais film d'horreur sous les feux des projecteurs. De ces caveaux fouillés par des porcs sauvages, émergeaient les squelettes blanchis de cadavres anonymes, enterrés depuis des lustres par des employés d'hôpital pressés ou de lointains parents négligents, impatients de se débarrasser d'une telle corvée. Parfois, quelque chien enragé glandouillant parmi ces miettes sépulcrales s'emparait des vieux restes d'un grandpère mort depuis belle lurette et les traînait sur le sol broussailleux jusqu'à l'abri d'un mur. En chemin, un bras tombait ici, un pied partait là, tandis que le crâne, accroché par un buisson obstiné, abandonnait le tronc à son sort entre les crocs du chien enragé.

Le morne cimetière crevé était comme une fabrique de silence. Délaissés, profanés, ses locataires gisaient dans une protestation furieusement muette.

C'était le carré des pas-grand-chose et des sans-nom, c'est là qu'on se débarrassait des pauvres restes des traîne-misère de la ville. Là reposaient des filles enceintes que leurs rêves cassés et des promesses rompues avaient rendues folles de désespoir : décédées lors de tentatives d'avortement à six mois de grossesse. Leurs parents s'étaient sentis trop déshonorés pour récupérer le corps de leur fille, victime le plus souvent d'une hémorragie et transportée trop tard à l'hôpital par un petit ami éploré qui non seulement récusait toute responsabilité dans cette grossesse, mais avait littéralement poussé l'infortunée dans les griffes mortelles d'un avorteur marron. Toutes ces filles avaient au moins la chance d'être enterrées aux frais du gouvernement

D'autres tombes contenaient les morceaux de victimes d'accidents de la route, parfois si défigurées que leurs parents n'avaient pu les identifier. On les avait entassés dans des fosses communes en compagnie de voleurs à main armée qui avaient vu leur régnicule de terreur se terminer devant le peloton d'exécution.

Et d'autres encore, bien d'autres, morts on ne sait trop comment d'on ne sait trop quoi, à l'hôpital ou dans quelque lamentable masure blottie contre un pilier d'autoroute.

Certains caveaux existaient depuis près d'un demi-siècle, d'autres étaient tout beaux, tout nouveaux. Il arrivait qu'on creuse par inadvertance dans une ancienne tombe anonyme et qu'un cadavre neuf atterrisse sur un tas de vieux squelettes. Il ne s'agissait pas toujours d'une erreur mais parfois d'une tactique de la direction des hôpitaux pour satisfaire la demande : il fallait de plus en plus d'espace pour ces légions croissantes de rien-du-tout si pressés de mourir.

Surpopulation et entassement caractérisent notre société contemporaine. Partout le trop bouffe tout. Les cimetières n'échappent pas à ce phénomène. Eux aussi sont congestionnés, ils n'en peuvent plus.

À quelques mètres du monceau d'ordures puant à tout casser, se trouvaient deux nouvelles pierres tombales. Une croix, façonnée par un sculpteur de troisième ordre avec une impeccable médiocrité qu'il devait prendre pour du talent, ornait chacune d'elles.

Sur la première on lisait : Abednego-Simon (1928-1978), et sur la seconde : Rebecca Abednego (1958-1978) – Ardente soldate du Christ – Étudiante – Sauvagement assassinée – Repose dans la paix du Seigneur.

Les visiteurs, venus dire un petit bonjour à leurs morts défuntement corrects, regardaient de loin et de haut ces deux tombes-là… Ils faisaient le signe de la croix, récitaient une prière à une vitesse telle que les anges eux-mêmes n'avaient pas le temps de les entendre, puis, après s'être raclé la gorge, s'offraient un joli petit discours sur l'impossibilité de certaines âmes à éviter les flammes de l'enfer. Au nom du Père, etc., ainsi soit-il, un regard en coin, aussi furtif que dédaigneux aux deux tombes neuves, et une petite dernière au Seigneur avant de s'en aller.

Tout cela, les deux tombes méprisées et silencieuses au soleil s'en tamponnaient le corbillard.

XIV

*L*E BÂTIMENT était construit comme une prison mais ressemblait à un hôpital. Un hôpital entouré de barbelés. On y accédait par un portail surveillé par un vieux crasseux parlant tout seul. Autrefois, il avait compté parmi les patients de l'hôpital mais lorsque les médecins l'eurent déclaré bon à remettre à la rue, il s'était retrouvé le bec dans l'eau des caniveaux. Son passé était un mystère coincé quelque part dans le dédale de son esprit. Comme il n'avait pas de famille, les autorités hospitalières l'avait bombardé portier. Il exerçait cette responsabilité depuis si longtemps qu'il faisait partie du décor. Il avait dépassé l'âge de la retraite mais la direction avait certainement oublié ce détail, ou plutôt le vieil homme avait cessé d'exister dans l'esprit suroccupé de ces hauts messieurs blousés de blanc. Il percevait son salaire tous les mois, achetait ses provisions pour le suivant, une cartouche de cigarettes Mars et rejoignait son poste de gardien où il ne défumait ni ne déparlait plus : propos que seul il comprenait et qui n'avaient pour auditoire que les ronds de fumée. Un sourire de sphinx sénile était toujours gravé sur son visage affairé, même lorsque les enfants du quartier venaient le narguer et le traiter de tous les noms de singe, même lorsqu'il répliquait en les ajustant avec les projectiles les plus variés.

Cet hôpital renfermait une population très diverse, des hommes et des femmes qui ruminaient leur avenir et attendaient beaucoup de leur passé. Certains avaient été cueillis dans la rue, nus et pouilleux, d'autres errant dans une décharge. Médecins et infirmières les coiffaient d'un de ces termes ronflants qui n'ont jamais soigné personne mais qui sonnent toujours très bien et permettent d'enrichir régulièrement les dictionnaires.

C'était la maison des fous.

Quelques-uns avaient été professeurs d'université, PDG de grandes sociétés ou artistes célèbres. La vie leur avait donné tout ce qu'elle est capable de donner – la fortune et la renommée, la paix et la sécurité. Pourtant ils avaient déraillé. Ils avaient perdu le mode d'emploi de leur tête. Certains d'entre eux se savaient fous mais n'avaient plus la moindre notion de ce qu'était la normalité. D'autres, persuadés de ne pas être fous, conseillaient patiemment aux médecins d'aller se faire soigner eux-mêmes. Parmi eux, quelques-uns semblaient effectivement tout à fait sains d'esprit.

Ils cherchaient une issue à cette vacharde et revêche réalité, mais leur seul refuge se trouvait dans l'éden médicamenteur et les chimères chimiques. Ces drogues leur broutaient paisiblement le cerveau jusqu'à légumisation complète. Alors, parfois, en un dernier sursaut vital, ils se jetaient dans la rue et attaquaient les passants. L'asile accueillait aussi ceux auxquels la jalousie avait fait quitter la piste, cœurs brisés en tout genre, amoureux délaissés qui se prenaient pour des martyrs après avoir été largués par des bien-aimés malfaisants.

Et encore les fous criminels jugés une ou plusieurs fois pour meurtre et catalogués comme récidivistes en puissance.

C'est dans ce groupe qu'était classée Mrs Deborah Abednego. Son dossier spécifiait sans équivoque qu'il s'agissait d'une psychopathe dangereuse susceptible de frapper à tout instant et devant faire l'objet d'une surveillance rapprochée. Les soignants qui s'occupaient d'elle arrivaient avec une escorte et le moindre désaccord qu'elle manifestait à propos du plus minime détail était interprété comme un signe avant-coureur de violence, ce qui lui valait une injection immédiate de tranquillisants.

On trouvait toujours Mrs Abednego lisant la Bible ou chantant les hymnes de son carnet de chants. Chaque fois que son médecin traitant venait la voir, elle lui répétait qu'elle avait toute sa raison et qu'elle avait « opéré » en pleine possession de ses facultés mentales. « Je lui ai toujours dit de se remarier mais il ne m'écoutait jamais », concluait-elle tristement.

Et elle replongeait dans sa bible.

Troisième partie

Au mur, la pendule à quartz indiquait deux heures moins le quart. Le tourne-disque antédiluvien diffusait un jazz apaisant qui flottait dans la pièce. Des rais de soleil perçaient la blancheur soyeuse des stores, éclaboussant généreusement le salon. Au bord de l'aquarium, Maude donnait la becquée à ses requinous. Calme et méditatif, il laissait choir élégamment dans les deux bassins de minuscules sardines bourrées de conservateurs, d'adjoncteurs de goût et d'additifs vitaminés.

— Et après ? lui demandai-je.

Toujours englouti dans le fauteuil en raphia, une bouteille de Coca et une assiette vide devant moi, je venais de terminer la première partie du manuscrit inachevé de Maude. Je n'étais pas très content qu'il ait interrompu son récit juste à ce moment-là.

Une fois ses adorables petiots restaurés, il alla se laver les mains à la cuisine. J'entendis le lamentable gargouillis du robinet qui crachota quelques gouttes avant de laisser couler un squelettique filet d'eau. Maude revint au salon en essuyant ses petites mains sur son jean élimé qui semblait dater des premiers temps de l'industrie textile et qu'il avait, paraît-il, acheté, comme tout ce qu'il portait et tout ce qui l'entourait, aux puces d'Okrika. Excepté, me dis-je, ses deux requinets.

— De nos jours, on rencontre beaucoup de Bozos dans les villes, dit-il. Moi-même, j'en fus un autrefois : sans famille, sans une main secourable, jeté dans la boue de nos rues dépravantes… Gamins aujourd'hui, demain petits délinquants, après-demain braqueurs qui t'attendent dans l'obscurité derrière le cinéma, tétant le crime et engendrant le crime… Je suppose que cela est dû à notre occidentalisation forcenée qui a fait disparaître la famille-tribu traditionnelle. Moi, par exemple, si je n'avais pas rencontré ce gros bonnet à l'hôpital, je serais à coup sûr devenu nervi de l'un de nos Al Capone locaux – sans l'ombre d'un regret d'ailleurs.

« Bien qu'il se soit mis à la drogue (il avait des excuses), Bozo était un jeune homme sérieux et réfléchi – mais la vie l'avait trop rudement secoué. La société l'écœurait. Rien à ses yeux n'était plus sacré, nul n'était innocent, tout le monde faisait tourner le manège infernal qui broyait tout le monde. Il ne voyait que mendiants et chômeurs dans les rues et les marchés, taudis puants et propriétaires abusifs partout, gratte-ciel au milieu de la plus immonde misère et jets privés passant au-dessus des ghettos, riches à la fortune obscène tenant au bout de leurs fils les damnés de la terre. Sans parler de la corruption généralisée, depuis le ministre qui demande son dix pour cent, jusqu'au flic à qui l'on glisse un billet roulé en boule de cinquante kobos à un barrage de police. Bozo se trouvait dans ce bourbier, le cerveau ennuagé par les volutes de marijuana qui troublaient son regard mais lui donnaient aussi, je pense, une perception plus aiguë des choses.

« D'une certaine façon, il était représentatif de sa génération : iconoclaste par principe, sceptique par contagion, cynique par expérience et amer par habitude. Maria, dont il était tombé amoureux, l'inspirait. Elle lui disait d'oublier sa vie passée, avec son lot d'humiliations et de dégoûts. Il devait prendre un nouveau départ.

« Mais elle n'aurait pas dû s'inquiéter à ce sujet : les idées qui travaillaient l'esprit hyperactif de Bozo n'avaient rien à voir avec le passé. Maria suivait à cette époque des cours de chimie et de biologie au Collège d'éducation supérieure de Kafanchan. Elle essaya en vain d'enjôler Bozo pour qu'il reprenne ses études. Mais il se mit à lui parler de théories étranges et elle le soupçonna de l'utiliser comme cobaye pour expérimenter la prose anarcho-marxiste qu'il avalait avec voracité. Il parlait des maux du capitalisme, des idéaux et de la naïveté fondamentale du socialisme. Pour lui, le meilleur système de gouvernement était l'anarchie. Il fallait foutre en l'air les lois ! Mais il croyait aussi au socialisme, alors comment concilier ces deux compagnons de

paillasse ? En abolissant le système de classes.
« Partageons la terre équitablement entre tous
les hommes, prônait-il, créons des emplois
pour les jeunes au chômage ! Que la propriété
privée devienne celle de tous. Tu possèdes une
voiture ? Elle m'appartient aussi, même chose
pour une moto, un hélicoptère ou n'importe
quoi d'autre. Tu la gares ou tu veux, je vais
simplement la chercher et je pars avec. La
réciproque est vraie. Tout doit appartenir à
tous. » Les voleurs, n'ayant rien à voler, dispa-
raîtraient de la société. Mais le type d'anarchie
que proposait Bozo n'avait rien à voir avec
notre anarchie quotidienne. Le chaos, pas
question. Toutes les prisons seraient démolies
ou destinées à d'autres usages, les prisonniers
libérés, la Constitution et les manuels de droit
brûlés sur la place publique et le nombre de
tribunaux considérablement réduit. Dans ce
nouvel État, tout délit serait passible de mort
et la sentence exécutée sur-le-champ : l'assas-
sin et son complice, le corrupteur et le cor-
rompu, tous seraient exécutés comme
ennemis de l'État, sans délai, avec une promp-
titude militaire. Rien à redire ? »

Maude souriait derrière ses lunettes.

— À mon avis, il avait un grain, ce Bozo
Macika.

— Peut-être bien, répondit Maude, mais en
tout cas il était déterminé. Comme il avait
toujours vécu à Kafanchan, il décida que le
premier coin à conquérir devait être celui-là.
Mais d'abord il lui fallait de l'argent. Comment s'en procurer ? Un jour, il loua sa maison (sauf une pièce pour lui), en confia la

garde à Mitchell et partit pour la brousse. Là, dans un endroit désert occupé par les herbes hautes, les arbres géants et les bêtes sauvages, il se construisit une case, installa un lit de camp, puis sortit de son sac militaire un réchaud, des marmites, des assiettes, de la nourriture et une machette.

— Je me doutais bien qu'il était complètement fêlé, remarquai-je.

— En une semaine, il dégagea à coups de machette un espace assez vaste pour y créer une plantation. Ensuite il sema un sac de graines de marijuana que Mitchell lui avait procurées. Il travailla avec acharnement, seul, en sifflant ou en écoutant les oiseaux. Levé tous les jours avant l'aube, il se décarcassait jusqu'à la tombée de la nuit. Les bêtes sauvages ne lui inspiraient pas la moindre frayeur. Il attrapait des souris qu'il faisait rôtir et mangeait avec un peu de sel, il allait pêcher dans la rivière toute proche. Quelquefois il prenait un *rogon-maza*, un oiseau paresseux, en le poursuivant d'arbre en arbre jusqu'à ce que l'animal se fatigue. Avec son fusil, il abattait de temps à autre de gros oiseaux dont il ignorait le nom, et parfois une antilope ou une hase. Personne ne lui avait appris à pêcher, à cultiver la terre ou à chasser, mais cela lui venait si naturellement qu'on eût dit qu'il était né pour ça. Il ne portait que les vêtements qu'il fabriquait avec des peaux de bêtes, et lorsqu'il avançait à grands pas dans la forêt, on aurait pu le prendre pour un simple animal parmi les animaux.

« Jamais il ne les tuait, si ce n'est pour se

nourrir ou s'habiller ; pas même les serpents : quand il en trouvait un par hasard sur son lit de camp, c'est-à-dire presque tous les jours, il le laissait filer en paix. Il avait acquis ou retrouvé un instinct de survie animal : au lieu de s'en remettre entièrement à ses yeux, il utilisait son flair et son sixième sens. Pour connaître l'heure, il ne regardait jamais sa montre japonaise, que d'ailleurs il balança sans regret ; il était cul et chemise avec la nature, trop plongé dans son travail et dans le bonheur de vivre hors du monde pour s'inquiéter du temps qui passe avec ses gros sabots. Bien sûr, il fumait toujours son herbe ; il buvait parfois aussi un peu de vin de palme ou le lait que lui donnait un nomade occasionnel. Il travaillait religieusement à sa plantation, il sarclait les plants, jouait les épouvantails pour éloigner oiseaux et bêtes sauvages. Il couvait son champ du regard avec la fierté d'un père pour son fils unique. Parfois, il s'offrait des mini-vacances gratuites dans un coin ombragé de la berge ; alors il se mangeait quelques fruits sauvages, mordait à belles dents dans un oiseau rôti tout en sirotant une calebassée de vin de palme. Certains jours, il observait le plancton dans le courant, les têtards, les poissons petits et gros qui nageaient à ses pieds. D'autres fois il venait avec un roman d'Egbuna, de Soyinka, d'Achebe ou d'Armah, ou encore de Rotimi ou d'Hemingway, ou bien avec un recueil de poésie, et, tout en lançant des galets dans l'eau, il oubliait pour un temps la réalité et se perdait corps et âme dans les univers magiques de ces tisseurs de rêves.

« Tel était son monde. Il était roi de sa vie, il ne faisait rien d'interdit et ne s'interdisait rien. Il s'offrait du bon temps. Le mauvais venait avec la saison des pluies et sa marmaille innombrable de joufflus nuages noirs. Parfois, ça pleuvait une semaine entière ; pas question de mettre le nez dehors, ni de s'occuper de la plantation, ni d'aller chasser. Il restait alors dans sa case, plus triste qu'affamé, car il n'aimait rien tant que le bon gros vieux soleil, et quand ce dernier préférait rester chez lui au chaud plutôt que d'éclairer le monde, Bozo se mettait à broyer du gris.

« Un jour, il se fit piquer par un scorpion. À l'aide d'une lame de rasoir sortie de son sac, il incisa la piqûre. Il laissa le sang couler un moment puis appliqua un onguent noir idoine que lui avait donné un Fulani. Il resta trois jours couché avec une fièvre de cheval et pensa mourir. Il fut plusieurs fois tenté d'en finir d'un bon coup de couteau à travers la gorge. Mais il s'était donné une mission. Mourir, il n'avait rien contre ; mais de ses propres mains, non.

« Aux confins de ses rêves il tâta du néant. Les cauchemars lui tordaient l'âme dans tous les sens, il se réveillait au plus mort de la nuit, transpirant dans le froid, geignant comme un bébé, les yeux brillants, injectés de poivre rouge, sa langue pâteuse passant et repassant dans le creux de ses dents. Impuissance et colère. Le quatrième jour, il fut réveillé par des rais de soleil qui se glissaient entre les bambous de sa case. Enroulé à côté de lui, un serpent vert dormait paisiblement. Pour la première fois depuis des jours, Bozo se mit à rire. Après avoir tiré son corps du lit, il sortit en chancelant. Il avait si faim qu'il se dirigea aussitôt vers la rivière, muni d'une gamelle avec laquelle il attrapa des petits poissons ; il leur coupa la tête, les saupoudra de sel et les mangea crus, comme faisait le vieil homme d'Hemingway. En plus c'est très bon. Vers midi, pétant le feu, plus robuste que jamais, il se mit à travailler à sa « ferme » et ne s'arrêta que le soir, rompu de fatigue ; ensuite, il partit à la chasse et ne revint que tard dans la nuit avec un gros alligator. Comment faire un sort à un alligator ? Très simple : un, vous l'arrêtez dans sa fuite éperdue en lui sautant sur le pardessus ; deux, d'une main ferme vous lui maintenez le cou, d'un pied ferme la queue itou ; trois, d'un bon coup de machette, vous lui faites valser la tête... Installé près du feu, devant sa case, Bozo vida le reptile et creusa un trou pour enterrer ses entrailles ; une fois la viande lavée et salée, il la ficela au-dessus du feu à un pieu qu'il tourna et tourna (n'oubliez pas un peu d'huile de temps en temps) jusqu'à ce que le fumet du rôti lui mette l'eau à la bouche.

« Durant tout le temps qu'il vécut ainsi, perdu à dache, il se débrouilla seul. S'il lui était arrivé quoi que ce soit, personne ne l'aurait su ; sa carcasse aurait pu être dévorée ni vu ni connu par messieurs les charognards. Il vécut plus de deux ans dans ce trou du diable sans jamais se rendre en ville ni poser les yeux sur aucun de ses frères humains, à l'exception du Fulani de passage.

« Un jour, un dimanche que Maria n'oublierait jamais, un bipède ébouriffé, vêtu de peaux de bêtes, pieds nus, la chevelure aussi drue qu'un roncier, surgit de la forêt d'acajous. La créature portait à l'épaule un sac militaire bedonnant. Maria était en train de servir du kérosène à un gosse d'un village voisin. Épouvantée, elle voulut s'enfuir mais ses jambes battaient la breloque, elle fut incapable de se mettre à courir. L'anthropomorphe non identifié s'approcha d'elle et dit : « Bonjour Maria, je suis de retour. » Elle manqua s'évanouir de joie.

« Quand il était parti voilà deux ans, il ne lui avait pas dit où il allait, simplement qu'il partait peut-être pour toujours. Elle avait pleuré, crié, le suppliant de rester, elle avait demandé à Mitchell de le retenir, mais Bozo n'avait rien voulu savoir, Mitchell lui-même ignorait où il partait. Et maintenant il réapparaissait, aussi mystérieusement qu'il avait disparu.

« Aussitôt, il voulut voir Mitchell. Tandis que les deux hommes s'administraient des tapes dans le dos en s'injuriant amicalement, Maria alla faire bouillir de l'eau pour qu'il prenne un bain. En se décrassant, Bozo lui demanda de s'occuper du cadeau destiné à Mitchell et qui se trouvait dans son sac. C'était une antilope qu'il avait abattue.

« Elle fut déçue qu'il ait oublié de lui apporter aussi quelque chose, histoire de lui prouver qu'il avait parfois pensé à elle. Mais le soir même, il lui offrit une belle veste en peau cousue de sa main : il avait mis un an à la confectionner. Maria en fut profondément touchée.

Le lendemain, dix hommes au service de Mitchell surgirent sur des mobylettes, puis, accompagnés de Bozo, disparurent dans la brousse. Ils revinrent le soir avec chacun trois gros sacs de marijuana sur le porte-bagages. Tous les sacs furent soigneusement empilés au fond d'un trou caché dans le repaire de Mitchell. Pendant deux semaines la navette se poursuivit. Des sacs de marijuana, Maria n'en avait jamais vu autant de sa vie. Lorsque plus tard ils les entassèrent dans des camions du ministère de l'Agriculture, destination Lagos, ils en remplirent cinq. À Lagos, la marchandise fut écoulée en quelques heures. C'est ainsi que Bozo réalisa sa petite fortune. »

Je mentirais en disant que je n'étais pas impressionné. Ce Bozo, c'était quelque chose. Ses exploits enfonçaient même ceux de Maude.

Celui-ci se leva pour changer le disque tandis que j'allai boire un verre d'eau fraîche à la cuisine. La salade verte qu'il avait achetée quelques heures auparavant gisait sans vie dans le réfrigérateur. Je rinçai le verre et le posai sur l'égouttoir avant de retourner au salon. Maude avait mis un disque de Fela Sowande, une musique pacifique et chaleureuse.

Il reprit son récit.

« Peu après son retour de Lagos, Bozo fit la connaissance chez Mitchell de quatre autres jeunes. Il y avait Sadiq Danladi, fils d'un poids lourd du business. Et puis un *Gha-Nigérian* nommé Moses Nkrumah, un foutu-dehors du lycée, comme Bozo. Il y avait aussi Odia Irabor, le plus instruit du groupe, deux ans d'université, et venant d'être avisé poliment d'aller s'inscrire ailleurs en raison de ses résultats de plus en plus désolants. Enfin Kehinde Modupe : un fuyard qui avait tiré sa révérence aux autorités bourgeoises familiales. Entre deux bouffées de marijuana, Bozo les avait harponnés avec sa conception d'une société alternative. Bien sûr, ce n'était pour eux qu'une plaisanterie de plus, le dada d'un allumé qu'ils aimaient bien et qui semblait avoir pas mal de fric à flamber. Pour le moment, ils rigoleraient un peu avec lui... et après... Bon, on vit dans un pays libre, non ? On peut aller et venir à sa guise sans rendre de comptes à personne... Telle a dû être leur première façon de voir, mais par la suite, comme tous ceux qui approchaient Bozo, ils furent contaminés par ses convictions et son ardeur aux idées. Même l'inébranlable Mitchell avait été secoué. Quant à Maria, d'abord effrayée, elle avait fini par succomber au magnétisme de Bozo. Avec ses nouveaux amis il fonda le Mouvement, groupe dont le but déclaré était l'amélioration de la condition humaine. Il récupéra toute sa maison et en fit le siège provisoire du Mouvement. Puis il entreprit la construction d'une bâtisse sur un terrain agricole acheté à Mitchell et situé derrière la maison Carabosse. Entouré d'un haut mur, le nouveau bâtiment, fait d'argile, comprenait une trentaine de petites pièces. Au cours des travaux, Bozo eut une prise de bec avec un sous-officier de police au sujet du bakchich soi-disant trop minable que Mitchell lui avait versé. Pour lui avoir fait voir trente-six chandelles, Bozo passa six mois à l'ombre. La prison, il considéra ça comme un élément nécessaire de son éducation dans ce qu'il appelait « le système Babylone » : le n'importe quoi multiplié par tous. Il sortit de prison plus déterminé que jamais. Sa nouvelle maison était achevée et ses amis, qu'il appelait « frères », l'attendaient.

« Il loua immédiatement un bus pour se rendre à Kano en compagnie de Sadiq, dit « Kiss ». Il revint à Kafanchan avec, devine quoi… vingt adolescents. Il en recruta vingt autres à Kaduna et une dizaine de plus à Jos. Le plus âgé devait avoir seize ans. C'étaient des *almajirai*, de jeunes musulmans que leurs parents ou leurs tuteurs envoient à des maîtres coraniques itinérants. Tu les connais, ces jeunes, tu en as déjà vu : toujours en groupe, faisant du porte-à-porte, psalmodiant des ballades où ils mêlent paroles saintes et grossièretés. Des loques sur le dos et une gamelle à la main, la peau desséchée par l'*iska* ou gelée par l'*harmattan*… Si tu leur donnes, tant mieux pour toi ; sinon, maudit sois-tu. Leurs parents les placent sous la houlette de ces *mallamai*, mais un *mallam* n'est pas obligé de nourrir et de vêtir son disciple ; en revanche, il doit lui enseigner le Coran et les hadiths. Sans un kobo, soumis à l'autorité du *mallam*, le jeune doit trouver de quoi survivre. L'*almajiri* est la main-d'œuvre la moins chère du pays ; il fait la lessive, la vaisselle, brosse le sol et vide la poubelle pour quelques pièces et un bol de *tuwo de miyan kuka*. Quelle pitié, de voir cette misère ambulante… « *Sadaka sabo da Allah,* psalmodient-ils, *a bamu reguwar jiya.* » La charité, au nom de Dieu, donnez-nous les restes d'hier soir… Ils n'ont pas le temps de jouer mais se provoquent pour un rien et ça finit souvent par de cruelles blessures.

« Tout le monde profite de ces jeunes va-nu-pieds mais parfois certains les utilisent méthodiquement – et ignoblement. Ce fut le cas de Muhammadu Marwa, plus connu sous le nom de Maitatsine, qui enrôla des *almajirai* pour son soi-disant djihad à Kano, en 1981. Sa technique de recrutement était simple comme bonjour et astucieuse comme la mort : il cueillait dans la rue un de ces ronge-restes d'*almajiri*, lui offrait le gîte et le couvert (trois repas copieux par jour) puis lui demandait d'entrer dans sa confrérie. Naturellement, le jeune acceptait l'offre de son bienfaiteur. Suivait un lavage de cerveau maison et un endoctrinement massue. On lui faisait comprendre, ou plutôt on l'amenait à croire que la racine du mal (le fait que son père paysan suivait la même voie que ses ancêtres, celle qui conduit à rester un chien et un esclave) réside dans la turpitude morale et spirituelle qui a pourri notre société. Les responsables ? D'autres *mallamai*, d'autres *limamai*, chefs de sectes différentes. Des chacals galeux. Ils n'avaient pas transmis au peuple le pur et dur message du Prophète. Le peuple aussi s'était fourvoyé. Et qui c'est-y qui peut sauver l'bon peuple ? demandait-on à l'apprenti fanatique. Muhammadu, bien entendu ! Le jeune, on lui prouvait par Allah + B qu'il fallait entreprendre le djihad, sous la bannière de Maitatsine. L'aspirant exalté devait alors prêter serment de loyauté et de silence – en répandant un peu de sang humain, ça fait plus sérieux. À partir de ce moment, il comptait parmi les enragés de Maitatsine. Rien, désormais, nulle idée, nulle force ne pourrait plus jamais le détourner de la voie de son maître. Il était prêt à tuer et à mourir au nom de son enseignement car c'était sûr et certain : quiconque mourait pour la cause du Prophète ou de son envoyé gagnait un billet gratuit pour le paradis. Or Maitatsine était un envoyé du Prophète.

« C'est ainsi que Maitatsine avait recruté la plus grande partie de ses adeptes. Avec sa bande de paysans kamikazes, il avait mis Kano à feu et à sang, massacrant les gens à tire-larigot, faisant des milliers de sans-abri, si bien que, malgré leur armement soi-disant sophistiqué, les forces de l'ordre et même l'armée avaient donné pendant un certain temps une pénible impression d'amateurisme distingué. Les mordus de Muhammadu n'avaient beau disposer que d'arcs et de flèches, de couteaux et de lances, grâce à leur ferveur ils combattirent mieux que les policiers équipés de fusils russes et de grenades lacrymogènes américaines. Armés de rasoirs et de poignards, ils scalpaient les gens, décapitaient les policiers, saccageaient des régions entières… C'était terrifiant, on n'avait pas vu ça depuis la guerre civile.

« Voilà ce qui inspira l'idée à Bozo d'utiliser ces *almajirai*. Vêtu d'un boubou sénégalais, enturbanné d'un fez, les dents couronnées d'or, égrenant d'une main les perles multicolores d'un chapelet, tenant de l'autre un exemplaire du Coran et armé des bribes d'arabe qu'il connaissait, il partit pour Kano avec Sadiq dans un bus de location. Sadiq, musulman qui parlait l'arabe couramment et connaissait la ville comme le dos de sa main, joua le rôle du *mallam*. Ils ne pénétraient jamais dans la moindre *makarantar-allo*, les écoles coraniques, mais ils abordaient leurs proies le matin et le soir, après la prière, à l'heure propice du porte-à-porte. « Disciples d'Allah, disait Sadiq, accordez-moi la faveur de vous restaurer en ma compagnie, car recevoir votre bénédiction c'est recevoir la bénédiction d'Allah. »

« Ils emmenaient alors les gosses, jamais plus de dix à la fois, à l'endroit où l'on servait les meilleurs *tuwon shinkafa* et *tuwon dawa* de la ville. Après le plus fabuleux repas qu'ils aient jamais fait, les persuader de jeter leurs haillons pour les remplacer par de beaux vêtements s'avérait un jeu d'enfant.

« Deux mois après avoir quitté Kafanchan, Bozo et Sadiq revinrent avec le bus rempli de petits guenilleux. Sitôt arrivés, ils les répartirent par deux dans les chambres de la nouvelle maison. Ils leur distribuèrent des ardoises et des habits neufs. Sadiq dépoussiéra son vieux carnet *Islamiya* et devint leur nouveau *mallam*. On engagea deux cuisiniers pour prendre soin de leur estomac.

« Discrètement, Bozo fit l'acquisition de menus articles de guerre dans divers petits marchés de divers petits villages : poignards, lances, arcs et flèches. En même temps commença le programme de lavage de cerveau.

Odia, Kehinde et Nkrumah, qui maîtrisaient parfaitement le haoussa, prêtèrent leur concours. On fit croire aux jeunes qu'ils avaient été choisis personnellement par Allah pour mener le djihad contre les « non-croyants » et les « croyants dévoyés ». Ils étaient les élus de Dieu, *Allahu Akbar !* Les consacrés, *Allahu Akbar !* Les chevaliers du paradis, *La Ilaha illa 'Llah !* Au nom du Prophète, *ya rasu lillah*, ils devaient terrasser l'infidèle.

« Mais pour cela, ils devaient apprendre à se battre. En plus de l'arabe, on leur enseignait matin et soir l'art du combat à l'arme blanche ou à mains nues. On leur interdit d'aller en ville, l'enclave ennemie. De toute façon, bien nourris, bien traités et régalés d'un film chinois ou indien après l'entraînement militaire, ils n'avaient aucune raison de s'y rendre.

« C'est alors que Maria comprit que Bozo avait une araignée au plafond. « Tu t'imagines qu'une cinquantaine de petits risque-tout vont conquérir un pays de cent millions d'habitants ? » lui demanda-t-elle. Avec un sourire désaxé et un regard pas clair, il lui conseilla la patience. Quelques semaines plus tard, en voyant arriver une voiture de l'armée, elle comprit. Le coffre contenait cinq caisses qu'on transporta avec précaution dans la cachette souterraine de Mitchell. Un sergent conduisait la voiture. Le soir du même jour, Maria apprit ce que renfermaient les caisses : des bombes à retardement. De tendres petites bombes pour de chaleureuses explosions. Mitchell avait pu les obtenir grâce à un vieux pote de l'armée, un sergent qui avait accès à la camelote. Cela avait coûté à Bozo presque toutes ses économies mais il estimait qu'en faisant sauter les raffineries de Kaduna et de Port Harcourt ainsi que la moitié de Lagos, il aurait fait bon usage de son argent.

« Maria resta abasourdie. Elle menaça d'aller tout dire à la police ; pour la première fois, Bozo lui administra une raclée. À partir de ce jour, elle fut l'objet d'une étroite surveillance et Mitchell lui interdit de sortir de la maison. Ses cours étaient terminés, elle attendait les résultats de ses examens. Personne ne pouvait remarquer son absence et venir prendre de ses nouvelles. Elle se trouvait réellement sous clé.

« Deux semaines plus tard, Bozo se rendit à Lagos pour acheter des talkies-walkies : le jour J approchait.

« En son absence, manifestement à la suite de plaintes de citoyens kafanchaniens qui avaient entendu parler de mystérieux enfants enfermés, la police fit une descente dans l'école coranique clandestine. D'autant plus que la police d'États voisins avait signalé à celle de Kafanchan la disparition de plusieurs *almajirai*. Notre chère police, tu la connais. Lente comme un lézard mort et corrompue comme une grand-mère maquerelle. Elle aurait pu venir plus tôt, faire l'effort, mais non. Jusqu'au jour où Mitchell oublia de lui payer sa taxe-assurance-protection. En réalité, la police n'avait pas débarqué pour les gamins mais pour se payer en nature avec la marijuana de Mitchell. C'est dans ces circonstances qu'un gardien de la *paie* eut par hasard

une idée dont il fit part à l'inspecteur qui dirigeait l'opération : « Chef, si qu'on allait voir
dans la maison là-bas, des fois qu'y aurait je
sais pas quoi ? »

« Les représentants de la loi investirent le
bâtiment et trouvèrent les morveux en train
de s'entraîner au combat de rue. Sadiq, Nkrumah, Irabor et Kehinde furent arrêtés, les
jeunes embarqués séance tenante dans un
fourgon. Au cours d'un débat contradictoire
avec un caporal, Mitchell reçut accidentelle-
ment une petite balle dans la poitrine. Il mourut à l'hôpital. Maria réussit à s'enfuir dans la
brousse et, divine surprise, la police ne découvrit pas le trou contenant l'arsenal.

« Au commissariat, après interrogatoire
d'une partie de la marmaille, les quatre
membres du Mouvement furent accusés d'en-
lèvement. Plus tard, la police ramena les *almajirai* dans leurs différentes villes d'origine.

« Détail typique de l'amateurisme de notre
police, les scellés ne furent pas apposés sur
l'ex-pseudo-école, et la maison de Bozo en
ville, quartier général du Mouvement, ne fut
ni visitée ni surveillée. À son retour, Bozo
entra tranquillement chez Mitchell. Maria s'y
trouvait. Elle y était revenue après le départ de
la police. La mort de Mitchell l'avait mise KO
debout. Bozo péta les plombs lorsqu'elle lui
raconta ce qui s'était passé. Il menaça de faire
sauter le commissariat. Ayant sorti de la cache
l'une des caisses de l'armée afin de régler les
bombes à retardement (tâche qui aurait
incombé à Mitchell si la « révolution » avait
eu lieu), il découvrit qu'elle ne contenait pas

plus de bombe que de beurre aux fesses. Il s'était fait avoir. De mèche avec le sergent, Mitchell l'avait arnaqué de presque cinquante mille nairas. On ne pouvait plus compter sur personne ! Avec frénésie, Bozo ouvrit les quatre autres caisses ; elles contenaient toutes la même chose : le mécanisme d'une radio à six piles. Pas la moindre petite bombinette ! Fou de rage, Bozo arrosa les deux bâtiments d'essence – la maison de Mitchell ainsi que la pseudo-école coranique – et y mit le feu. Dans tous ses états, Maria se sauva sans pouvoir rien emporter d'autre que vingt nairas et cinq kobos, plus un petit sac de vêtements.

« Elle courut à la gare de Kafanchan où elle demanda un billet pour Lagos. C'était la destination la plus éloignée de Kafanchan. Il était minuit quand elle monta dans le train. Trois jours plus tard, tandis que le train entrait en gare de Lagos, la première page d'un journal lui sauta aux yeux : MASSACRE À KAFANCHAN : UN DÉSÉQUILIBRÉ QUI TENTAIT DE LIBÉRER SES AMIS ABAT SEPT POLICIERS AVANT DE SE DONNER LA MORT. »

Maude sortit de sa bibliothèque une chemise d'où il tira un paquet de feuilles. Il me les donna à lire.

Quatrième partie

L'homme qui revint du diable
par Maude Beso Maude

I. CONFETTI DE MOUCHES

L'UBIQUITÉ de ces débectantes créatures exclues du ciel, vomies par Dieu, laissait parfois Bozo Macika béat d'absurdité, frappé de néant, et le gong du non-sens résonnait, résonnait dans sa raison close.

Tournoyantes saloperies.

Ces mouches écœurantes habitaient son air, grignotaient son espace, volaient autour de lui, sur lui, en lui. Tu te tournes d'un côté, tu vois une mouche à merde. Tu te tournes de l'autre, te voilà pataugeant dans une moucherie baveuse et puante. Ça bzzz-bzzzite en long, en large et en travers, dans tous les coins et les coins des coins, partout, partout, partout. Mouches en haut, mouches en bas, tout n'est qu'un mouchonnement de mouches mouchonnantes et tu es dedans, tu es dans les mouches, chez les mouches, au fond des mouches. Soubrettes de la folie, elles rayent tes pensées, te pompent la vie, te pourrissent l'air et, à tous les repas, te bouffent l'appétit.

Bozo ne leur jetait pas la pierre, aux mouches. Il respectait leur droit de présence dans ce cloaque, ce pourrissoir, cette réalité-poubelle où on l'avait foutu au monde, où il avait grandi et où il mourrait (une mouche aux lèvres). En revanche, Bozo et ses amis pointaient un doigt accusateur sur le gouvernement, le système, les «-ismes » et les schismes qui engendraient faux espoirs, mirages et châteaux en nuage chez les jeunes assoiffés de vie, de vérité, de sécurité, de bonheur, de dignité, et confrontés à une société dépersonnalisante où régnaient les parrains, le népotisme, le chauvinisme tribal, l'ethnocentrisme, les magouilles, la froide cruauté, la défiance universelle et le graissage de patte.

Bozo et ses amis combattaient tout ce qui représentait le système car le système défendait la loi et l'ordre, autrement dit « un monceau de merde ». La loi et l'ordre, disaient-ils aux initiés de leur « Mouvement », n'était qu'un euphémisme pour désigner les tentacules venimeux du système oppresseur. « *Dig, brother*, répétait Bozo en tirant fort sur son joint, la loi et l'ordre ne régissent qu'un foutoir parfumé. »

Le système, c'était aussi la religion. D'après Bozo, elle constituait le masque derrière lequel se dissimulait le système presse-citron qui ravageait les masses crédules et les jetait en pâture aux chiffres avides. « La religion, disait-il, citant Karl Marx, c'est l'opium du peuple. Une berceuse empoisonnée. À peine cette drogue a-t-elle pénétré dans vos veines que

vous voilà plongé dans la léthargie cauchemar-
deuse de l'ignorance. Tel le mouton conduit à
l'abattoir ou l'agneau face au tondeur, vous
resterez muets face à l'oppression. Vous crève-
rez idiot et sans voix, vous serez piétinés, écra-
sés par le système. Enchaînés à vos illusions,
vous écouterez mais vous n'entendrez pas.
Baignant dans l'eau, vous mourrez de soif.
Devant le palais de la vérité, l'ignorance vous
habitera. » Bozo, un rien cabotin, s'interrom-
pait un instant avant de reprendre : « Mes
bien chers frères, mes bien chères sœurs, voilà
ce que représente la religion, elle agite la
carotte du paradis pour vous faire accepter
votre sous-vie, elle vous demande de bien
souffrir sur terre afin de pouvoir profiter du
ciel. Mais je vous le dis, tout cela n'est que
foutaises de foutaises. Vivez et laissez vivre, le
monde n'a pas été créé pour un seul homme !
Si vous devez souffrir, alors nous devons souffrir ensemble, et si la vie est douce, ensemble
nous devons en jouir ! »

Tel était Bozo au mieux de sa forme : l'esprit
vif et la dent dure, voyant clair et parlant fort.
Mais aujourd'hui il n'avait aucune envie de
courir les marchés, de grimper sur une caisse
pour haranguer les masses laborieuses et amu-
sées : « Unissez-vous et luttez pour vos droits !
Vous n'avez à perdre que vos chaînes ! Vous
avez le monde à gagner ! La satisfaction de
savoir que vos enfants seront bien nourris et
bien logés ! La joie de mourir avec l'assurance
qu'ils vivront sans courber la tête ni ronger les
os ! Vous avez TOUT à gagner ! Unissez-vous
afin de devenir une invincible forteresse ! Nous

avons atteint le fond, envolons-nous ! Nous n'en pouvons plus, exigeons tout ! »

Non, aujourd'hui, il n'avait pas le cœur à vider son sac. Il était particulièrement de mauvais poil. Il se sentait pareil que le Faust de Goethe : pas d'accord avec l'univers. Il était allongé raide sur son lit dans cette maison délabrée construite à la fin de la deuxième dinguerie mondiale par un ancien combattant. Un accro de feu et de sang qui n'avait jamais pu se fourrer dans le crâne que sa guerre chérie était terminée. Sitôt perçue sa prime de démobilisation, il s'était bâti une maison style tranchée-abri, avec des portes si basses qu'on devait pratiquement ramper pour les franchir. La maison était proche d'une décharge agrémentée de vidanges dont l'odeur assenait à tout nez innocent un terrible coup de massue. Derrière, vous bénéficiiez de la voie ferrée reliant l'ouest et le nord à l'est du Nigeria. Et pas tout à fait devant mais presque se trouvait la place du grand marché. Cet endroit gai et animé était le centre de tous les débordements.

Kafanchan, ville carrefour en plein développement, est l'endroit idéal pour vous installer car à la différence de la plupart des autres villes nigérianes, elle n'est pas dominée par un groupe tribal ou religieux particulier. Comme le disent si justement nos avisés dirigeants, elle reflète le caractère fédéral du pays. Elle jouit de tous les avantages d'une ville relativement peu industrialisée. Traversée par une route nationale, elle dispose d'une gare importante, d'une électricité abondante (produite par les chutes du Kura), et possède en outre une bonne réserve d'eau, une radio, une banque, un hôpital, un cinéma et plus d'écoles qu'il n'en faut pour accueillir le flux croissant des écoliers. Le Collège supérieur d'enseignement a acquis le statut de « Collège d'éducation supérieure » (personne ne voit la différence mais il y en a sûrement une), et à quelques kilomètres de là se trouve l'Institut agronomique de Samaru, affilié à l'université Ahmadu Bello, de Zaria. Il y a aussi l'école de sages-femmes fréquentée par des étudiantes exceptionnellement douées pour branler du cul et si avancées dans la connaissance des choses qu'on les voit plus souvent dans une belle voiture que devant un livre.

Il y a quelques années, les Kafanchaniens se levaient avec le soleil. Redoutant les délinquants tapis dans les petits coins sombres ou derrière les gros arbres et prêts à vous mettre les quatre fers en l'air pour vous prendre votre oseille ou pour faire une visite sous vos jupes, ils se couchaient dès sept heures du soir. Tout cela a bien changé. À présent la ville brille des mille feux du progrès, et si vous ne vous faites pas harponner ou rançonner par les flics, si un Jackie l'Éventreur du coin ne vous étripe pas d'un couteau virtuose ou ne vous tire pas un pruneau dans le baba après avoir empoché vos nairas tout neufs, vous pouvez vous promener en toute sérénité dans les rues, du crépuscule à l'aube.

Mais par ce sombre lundi matin, ce n'était pas cela qui préoccupait Bozo. Un chapeau de paille sur le visage, il se protégeait de la merde aérienne, glissante et bourdonnante.

Sortant d'une radiocassette, une musique flottait, tel un paquebot sur un lagon, dans la touffeur exaspérée de la chambre. Ça faisait comme un tam-tam, un tam-tam à la peau déchirée battu sur la place du village – et personne ne danse, ça blesse trop les oreilles, trop les oreilles, trop trop trop les oreilles...

Bozo resta longtemps étendu sur le lit, comme jouant à être mort. Un tronc d'arbre. Question décoration, la chambre était plutôt en manque. Rien qu'une photo au mur, en face du lit. Des photos, Bozo n'en prenait que par nécessité, et juste pour le Mouvement. Il avait la phobie de poser pour un cliché. L'appareil lui faisait l'effet d'un pistolet chargé. Il se persuadait qu'il n'y avait aucun lien entre son refus de poser et cette crainte secrète et ridicule. Il ne se faisait pas prendre en photo parce qu'il détestait ça, voilà tout. – C'était un mensonge, mais plutôt crever que d'avouer la vérité à quiconque. Bon, il l'avait quand même dit à Maria, que l'œil de l'objectif lui donnait les chocottes. Maria, c'était elle sur la photo.

Un canon, cette fille. Elle portait une paire de tennis apparemment neuve et un blue jean hippy, blanc comme le riz. Blanchi à force d'être porté. Un tee-shirt marron avec l'inscription RENÉGAT tombait souplement sur son corps. Sa poitrine copieuse vous tendait les bras. Les cheveux coiffés à la Miriam Makeba, elle s'était mis un sourire supergai style « attrape-moi-si-tu-peux ». La photo avait été prise devant un cactus. On ne lui aurait pas donné plus de quinze ans ; en fait, elle en

Ce coupon est utilisable au restaurant de la mezzanine après 20 h, sauf le samedi, après 21 h.

$1

LE CAFÉ DU NOUVEAU MONDE

$1

Ce bon ne peut être jumelé à aucune autre offre

LE CAFÉ DU NOUVEAU MONDE

"Il faut vivre pour manger
et non pas manger pour vi…"

Harpagon

$1 · $1 · $1 · $1

LE CAFÉ DU NOUVEAU MONDE

avait presque dix-huit à l'époque du cliché.

Maria, Maria, Maria, Maria, Maria, Maria. Ce nom grignotait le cerveau enfumé de Bozo. Comme une tumeur.

Maria, Maria, Maria, Maria, Maria, Maria, Maria... Soudain, il sauta sur ses pieds. Le chapeau de paille dégringola. En une enjambée, il avait empoigné la photo. Il la serra si fort que le bois et le verre bon marché se brisèrent – des éclats révoltés lui coupèrent la peau. Négligeant le sang qui coulait, il dilacéra la photo, gratta une allumette et mit le feu aux bouts de papier.

D'un petit pot de terre, il sortit une canette de bière fraîche qu'il ouvrit avec les dents. Il la prit comme s'il allait la manger et avala le liquide d'un trait. Après quoi il fit un rototo de plomb.

Il se rassit sur le lit, mais cette fois il y avait le brouillon d'un sourire sur son visage. D'un trou dans le plancher, il sortit un petit paquet de rien du tout ; c'était l'herbe magique. Il déchira une page d'un vieux roman de James Hadley Chase, y répandit la marijuana, la roula comme une cigarette, en humecta les bords de salive et craqua une allumette. Il aspira très fort – plus fort qu'avec une cigarette ordinaire – puis il ferma les yeux tandis que la fumée s'infiltrait dans son cerveau.

Alors il sourit pour de bon. Comme un bébé sans soucis ou un nourrisson qui tète, il souriait. Mais son sourire n'atteignait pas ses yeux. Il jouait sur ses lèvres, élargissait sa bouche, mais il n'atteignait pas ses yeux.

« Arrête le remue-méninges, mon vieux, se disait-il, mets ta cervelle en veilleuse. »

Son regard survola rêveusement le mur à côté du lit et atterrit sur une inscription que lui ou Kiss avait gravée à une époque de leur vie maintenant perdue dans les oubliettes du temps. Un poil de seconde, dans les brumes de sa tête, il tenta de se rappeler qui en détenait les droits d'auteur. Il décida que ce n'était pas lui. C'était Kiss qui avait dû la graver. L'inscription faiblement éclairée par l'unique ampoule de quarante watts, seule source de lumière dans cette pièce sans fenêtres, disait :

Montre-moi un poulet
Qui embarque un pourri
Je te montrerai un chien
Qui arrête l'un des siens.

Son visage se détendit dans un sourire qui n'éprouva cette fois aucun mal à gagner les yeux dans lesquels il chavira doucement, doucement – et disparut.

Bozo revoyait Kiss, surtout son visage aux traits aussi efféminés que celui de Mukaila Jafaru et contrastant avec sa voix grave, traînante : « Quand j'entends le mot « flic », je sens mes dents crisser sur des œufs. T'en vois un, tu les as tous vus. Tous nés du même cul. »

Une fois tirée sa dernière bouffée de marijuana, il remit le paquet dans la cache avant d'aller s'asseoir à l'unique table de la pièce. Elle croulait sous les livres ; des recueils de poésie, de politique, de philosophie ; E. E. Cummings, Ezra Pound, Kofi Awonoor, Mtshali, Okigbo, Soyinka, Eliot, Wordsworth,

Faulkner, Ginsberg, Pope, Clark, Aristote, Socrate, Platon, Archimède, Marx, Lénine, Tolstoï. Dites un nom, Bozo l'avait sur sa table.

D'un geste furieux, il envoya brusquement valdinguer les livres dans tous les sens. Il sortit de la pièce sans prendre la peine d'éteindre le lecteur de cassettes ni de fermer la porte. En quittant cette maison-tranchée, il murmura : « Maintenant, place à la folie ! »

II. Galaxie de barreaux

*U*n pot de chambre, une natte, une horde de moustiques. Vampireaux pompe-sang. Uniformes aboyant dans le labyrinthe de métal, gueulements tout le temps et par tous les temps, obscurité tranchante, sombre crève-cœur, sodomie. Sodomie partout.

Vite, sale cochon ! Au boulot, sale cochon ! Dégage, sale cochon !

Salcochon, salcochon, salcochon…

Tandis qu'il s'éloignait de la maison-tranchée, il se rappelait ces choses ; il se les rappelait et les rejetait aussitôt. Les ressouvenances de la vie en cabane ne sont point douces pour l'âme. Des glaires fielleuses bonnes à vomir.

Pas penser à la prison. Bozo traversa vivement la place du marché et la chaussée qui menait à l'avenue Bebeji. Puis, en sifflotant, il tourna dans la première rue.

Il arriva bientôt devant la baraque d'un mécanicien. Un panneau indiquait : réparassions vraihicules à moteur, ingénieur spessialiste.

Les affaires ne paraissaient pas marcher de feu de Dieu pour « l'ingénieur spessialiste » : il n'y avait qu'un seul « vraihicule à moteur » dans l'atelier, une Peugeot 304 cabossée qui avait déjà mangé son pain blanc. Comme ivre, elle vasouillait sur le sol huileux tel un poisson hors de l'eau, pathétique, prête à tomber en miettes. Le spécialiste était en train de vérifier l'efficacité du traitement d'urgence qu'il venait d'infliger au moteur en phase terminale. La mécanique gâteuse émit un croassement hésitant. Sur les lèvres lippues de l'ingénieur, un sourire de connaisseur s'épanouit, façon de dire : « Toutes les mêmes. Elles jouent les indifférentes, mais dès qu'on sait y faire… »

Bozo fit le tour de la voiture en tapotant la carrosserie. Il ricanait, comme s'il appréciait une blague qu'il était le seul à comprendre. « Qu'est-ce qu'il y a de si drôle ? » pensa-t-il.

La tête entre les roues arrière, le spécialiste souriait voluptueusement.

— Je te l'avais dit, vieux frère. Laisse-moi m'occuper de cette pétaradeuse et elle goûtera à nouveau les plaisirs de la route. Regarde-moi-la, elle est prête, elle est bonne, une vraie jeune mariée !

— Tu en connais un bout, question psychologie des bagnoles, fit Bozo.

— Je suis un spécialiste diplômé, grinça l'homme, comme si Bozo mettait en doute ses qualifications.

— Ça c'est sûr.

Puis, pour cirer l'ego du spécialiste, il ajouta :

— Les actes en disent plus que les mots. Et ça, fit-il en pointant le doigt sur la voiture, c'est un truc qui en dit long !

— Sans me vanter, confessa le spécialiste, au

début j'y ai pas cru, cette outre à pisse en peau de patate elle récalcitrait, elle faisait la difficile, genre « c'est pas parce que t'es mécanicien que je vais rouler avec toi ». Alors je me suis dit dans ma tête…

— Combien ? demanda Bozo posément.

— Oui, monsieur. (L'éminent spécialiste ne semblait pas avoir entendu.) Alors je me suis dit dans ma tête : cette casserole à roulettes, cette vache à essence, cette boîte à pets, cette merde à explosion, je vais lui montrer que j'ai quelque chose entre les jambes. L'hyène peut avoir une épine à la patte, ça n'empêche pas le chacal de lui monter dessus.

— Combien ?

— Oui, mon frère ?

Il paraissait sortir d'un beau nuage rose.

— Combien tu en veux ?

— T'as pas l'air dans ta calebasse aujourd'hui, mon frère.

On aurait dit que le spécialiste voyait Bozo pour la première fois.

— C'est pas ton manioc, de quoi j'ai l'air, grogna Bozo. Et réponds un peu plus vite, j'ai pas envie de rester ici jusqu'à la Saint-Bokassa.

— Sans vouloir te vexer, c'est juste cinquante nairas…

— Hein ? ! Tu déjantes ou quoi ?

— Moi ton frère, toi mon frère, cinquante c'est cadeau !

— Cadeau mes fesses !

— Juré, je t'arnaque pas !

— Pourquoi tu veux ma ruine ?

— Ma parole, de frère à frère, je te baise pas d'un poil…

— Je peux pas les sortir, les cinquante…

— Mais je lui ai fait des choses, à la bagnole, j'y ai mis les mains et tout, garanti sans magie, j'ai même changé des trucs…

— Écoute, mon petit bonhomme… coupa Bozo. Je t'ai dit de réparer cette pute à moteur, je t'ai pas demandé de changer quoi que ce soit !

— Obligé j'étais, frère, ma parole !

Le spécialiste était surexcité. C'était un bas du cul avec un goitre tremblotant et pitoyable. Un acteur remarquable. Il répéta avec grimace à l'appui :

— Obligé j'étais, grand frère ! Il a fallu changer des pièces complètement nazes et ça m'a coûté des sous : quarante nairas, j'ai payé ! Parole, je te baise pas d'un kobo !

— Ah bon ! Quarante nairas ?

— Que je crève sur place si je mens !

Le spécialiste s'était mis à pleurer. Enfin, presque.

— Qu'est-ce que t'as changé ?

— Hé ?

Il ne s'attendait pas à une question pareille.

— Tu as changé quoi ? répéta Bozo avec patience.

Le spécialiste avait l'air aussi à son aise que s'il avait avalé une clé à molette.

— Savoir les noms ça t'avancerait à rien, frère, vu que tu sais pas les choses qu'il y a derrière. Tu es un type classe, y a que les pauvres mécanos qui ont besoin de savoir quoi est quoi dans une bagnole.

— Dans ce cas, dit Bozo, je t'en donne vingt-cinq nairas.

Rétamé, le spécialiste éclata en une éruption de larmes.

— Tu m'assassines, frère ! Mon âme, tu la mets en bouillie !

— Ton âme ? Enchanté, nous n'avions pas été présentés.

Bozo lui lança cinq billets pouilleux de cinq nairas et se risqua dans la voiture. Claquement de portière, marche arrière, coup d'accélérateur et vogue la galère, tandis que le graisseux rase-bitume trottinait dans le rétroviseur en bavant des supplications.

Alors que le véhicule crachotant et pétaradant avançait par saccades cafouillantes, la hurlade ultime de l'ingénieur diplômé parvint aux oreilles de Bozo. Celui-ci saisit quelque chose comme « putain de fils de sac à foutre en peau de patate ». Cette fois, le venin n'était certainement pas pour la voiture. Bozo sourit rêveusement ; il lui était destiné.

III. Élément armé

DE NOMBREUSES HISTOIRES paraissent dans les journaux concernant les trafics d'armes et de drogue, activités en vogue dans le « sous-monde » nigérian. Si les statistiques sont fiables, sur dix Africains de l'Ouest arrêtés à l'aéroport d'Heathrow pour possession d'armes ou de drogue dure, sept sont nigérians. Ce commerce international est actuellement à son apogée. Prenez le cas de la drogue : provenant des pays occidentaux, haschisch, héroïne, cocaïne, LSD, amphétamines et DMT (diméthyl-tryptamine) entrent au Nigeria. Ils sont distribués ensuite dans les pays voisins grâce auxquels le reste du continent obtient sa dose de psychotropes. En retour, la marijuana, l'herbe sacrée, est expédiée du Nigeria aux États-Unis et en Europe où les dealers se font les couilles en or. Ces seules activités rapportent des dizaines de millions de nairas.

Le trafic de drogue côtoie celui des armes. C'est essentiellement un commerce à sens unique. En provenance d'Occident (surtout des USA), les armes entrent en fraude dans le pays pour y être écoulées par des revendeurs du cru. Grâce à ces néfastes individus, des armes très dangereuses finissent entre les mains de nos Billy the Kid locaux, petits carnassiers au cœur de fer qui n'hésitent pas à flinguer un aveugle pour lui prendre son dernier kobo. Ce business, bien que présentant des risques, s'avère aussi très lucratif. Un pistolet qui va chercher à peine vingt dollars à Tallahassee, en Floride, se vend cinq mille nairas à Ibadan, dans l'État d'Oyo. Voilà pourquoi ce commerce est florissant. Tous les jours, au Nigeria, de plus en plus de jeunes deviennent de petits délinquants et de plus en plus de petits délinquants deviennent voleurs à main armée. La demande d'armes sophistiquées dépassant l'offre, ces armes atteignent des prix astronomiques. Tous les jeunes qui quittent l'école veulent en un clin d'œil rouler en limousine, avoir un château et se faire un nom : en attendant, celui qui aujourd'hui, à Lagos, dispose de bons contacts et des moyens qu'il faut peut s'offrir un gros calibre et le gilet pare-balles qui va avec. Ce n'est pas le luxe mais presque. Comme disait un petit malin : « Si tu ne peux rien faire contre les chacals, joins-toi à leur meute. » Au demeurant, leur résister n'est plus de mode. L'argent fait la pluie et le beau temps, la vie et la mort. Ainsi que l'a versifié Horace, le poète satirique romain : *En matière d'argent les bons moyens sont les meilleurs, mais les pires moyens sont bons aussi.* Tel est le credo du Nigérian moyen ; après tout, il n'est pas écrit dans le ciel qu'il doive vivre comme un chien et crever comme un rat.

Tout cela expliquait pourquoi, quatre heures après que Bozo eut quitté l'atelier de l'ingénieur spécialiste, un Colt 45 flambant neuf, d'un mutisme teigneux, se trouvait sur le siège passager de sa 304 déglinguée. À côté de l'automatique il y avait un colis bien fait, genre paquet-cadeau d'anniversaire : il contenait cent cinquante cartouches avec des chargeurs. Ce petit nécessaire de mort violente avait coûté à Bozo la bagatelle de deux mille nairas. Une misère, avait dit le triple fumier qui le lui avait vendu. Tu parles ! Cela représentait le reste de ses économies, les économies de toute sa vie ! (Amassées, faut dire ce qui est, grâce à cette charogne de Mitchell.)

Il ne se lamentait pas sur la perte des pauvres économies de sa minable vie, oh que non. À quoi ça sert d'avoir une belle femme si tu n'es jamais chez toi ? À quoi bon avoir de quoi vivre si la vie t'est à charge, si tu dois porter sur ton dos chaque jour qui passe ? Dans un petit moment, plus rien ne pèserait. Rien de rien. Ni le gros lard cupide de Jos à qui il avait acheté le pistolet, ni Maria, ni ses économies. Un grand nombre de choses ne seraient plus grand-chose.

Oui, tout cesserait bientôt de compter. Les vibrations des tam-tams s'arrêteront soudain, la musique des flûtes se fera silence, au plus fort du crescendo tout se taira d'un seul coup, comme brisé par trop d'humiliations.

Au rond-point de Kagoro où la route de Jos rejoint celle de Kafanchan, Bozo lança sa voiture foireuse en direction de Kafanchan. L'effet de la marijuana qu'il avait fumée le matin s'était dissipé. En manque d'herbe, un vrai accro se sent comme une coquille vide. Exactement ce qu'éprouvait Bozo maintenant. Une impression de lourdeur, de fatigue, de tristesse, d'inutilité, de rejet et de solitude.

Il ne se faisait aucun souci pour sa santé : il mesurait un mètre quatre-vingt-dix et pesait quatre-vingt-dix kilos. Obsédé par sa forme, il avait la manie du sport. Aussi, une petite lourdeur n'était pas pour l'inquiéter, mais il n'aurait pas craché sur un peu de marijuana.

Battant de l'aile, la voiture passa devant le Collège d'éducation supérieure. Bozo entrevit un graffiti sur l'un des bâtiments : SEULS LES FOUS PRIENT POUR DEVENIR DES DIEUX, LES SAGES PRIENT POUR RESTER DES HOMMES. Il put lire la phrase parce qu'il la connaissait déjà. Un autre graffiti disait : VULGARITÉS INTERDITES, SALES CONS NON ADMIS.

C'est bon d'être en vie, se dit-il en jetant un coup d'œil au Colt 45. C'est bon de respirer et de sentir son cœur palpiter comme des seins de femme.

Quelques minutes plus tard, il arriva à la gare routière de Kafanchan. Il y régnait une telle animation que le bourdonnement des voix couvrait le bruit des gros autocars. C'était une confusion parfaitement au point : les rabatteurs s'agonissaient d'injures définitives, se vomissaient avec frénésie et précision, se lardaient d'obscénités meurtrières en s'arrachant les voyageurs.

Face à la gare routière s'élevait un bâtiment avec l'inscription : POLICE NIGÉRIANE – COMMISSARIAT CENTRAL DE KAFANCHAN.

C'est bon d'être en vie, pensa Bozo une nouvelle fois. Il s'arrêta, prit le Colt en sifflotant entre ses dents, le posa sur ses genoux et ouvrit le paquet de munitions. Il chargea l'automatique et caressa du doigt la détente. Puis il l'arma.

Il appuya sur l'accélérateur et stoppa la voiture devant le commissariat. Pendant une ou deux minutes il demeura assis, raide, scrutant l'intérieur du bâtiment. Il n'y avait que deux hommes derrière un bureau. Bozo sentit soudain une boule amère lui nouer la gorge. Il avala sa salive.

Les deux policiers étaient sergents. C'était tout ce qu'ils semblaient avoir en commun car l'un était gros, l'autre maigre ; le premier avait une bonne épaisseur d'idiotie, le second était fin comme un renard. Harry Cover pourrissait d'ennui, Cochonou semblait s'être résigné à prendre son travail à cœur. Le soleil brûlant n'améliorait apparemment pas l'humeur noire d'Harry Cover, tandis que Cochonou suait depuis la moelle des os jusqu'à ses boutons d'uniforme. Deux n'importe quoi plutôt bien assortis.

Soudain les yeux métalliques d'Harry Cover croisèrent ceux de Bozo. Le policier le regarda du haut de sa grandeur, l'air de dire « fais-moi plaisir, dégage », puis il détourna les yeux. Ravi, Bozo riait sous barbe.

Il empoigna tranquillement le Colt, sortit de la voiture et bondit dans le commissariat comme un diable à ressort jaillissant de sa boîte.

IV. Élément mort

Sainte pute, qu'est-ce que c'est que ça !?
s'exclama la montgolfière sur pattes. Ses
joues rebondies étaient poussées au rouge par la
terreur. Le genre de terreur à faire pipi dans son
pantalon. Le maigre en fil de rasoir restait
bouche ouverte, l'air tarte, avec un filet de salive
gluante qui lui dégoulinait sur le menton.

— Mon nom c'est Bozo, dit Bozo.

Le Colt aboya deux fois, deux coups précis,
un dans chaque tête. Les deux policiers,
comme frappés par une masse, s'écroulèrent
l'un contre l'autre. Deux empires de chair
effondrés en même temps. En mourant, ils
s'étaient agrippés l'un à l'autre, on aurait dit
deux homosexuels en pleins ébats. Une
bouillie de cervelle éclaboussa le mur propre
comme un reste de vieille soupe. En rendant
l'âme, le gras du bide avait pensé à sa femme
– sa copie conforme en plus informe – qui
mangeait des tartines beurrées six fois par jour
et dont l'unique passe-temps était la lecture
digestive de la Bible. Elle dressait leurs six garçons pour la prêtrise et le traitait d'apostat
parce qu'il était protestant. L'image de sa
femme s'était confondue avec son épouvante

lorsque la balle percuta son front, mit ses pensées en compote et projeta son cerveau contre le mur.

Le gros policier avait été gentil ; trop gentil tout au long de sa vie. C'est pourquoi il était resté simple sergent après avoir servi pendant vingt ans dans la police. La police n'est pas faite pour de tels hommes. Parfois, lorsqu'il se sentait déprimé ou sentimental, il répétait à sa femme que s'il mourait avant elle, il voudrait comme épitaphe : « Frappez avant d'entrer. » Elle ne manquait jamais de lui rappeler qu'avec son salaire de sergent, il ne pourrait même pas se payer une pierre tombale. Maintenant toutes ces pensées n'étaient plus que marmelade de cervelle barbouillée sur un mur.

Tout au contraire, le maigre n'avait pensé ni à sa femme ni à ses enfants ni à personne d'autre quand la balle lui vrilla l'œil gauche. « Zut, se dit-il, j'aurais dû m'écouter. » C'est qu'en dix ans de service, son intuition ne l'avait jamais trahi. Sitôt que cette 304 ménopausée s'était garée devant le commissariat, il avait éprouvé un vague malaise – aucune peur mais un tout petit malaise. Il avait flairé une hostilité – un démon gazeux dans l'atmosphère. Ses réflexes furent trop lents, ça lui coûta la vie.

Et dire, songea-t-il avec colère, qu'il avait obtenu son grade parce qu'il avait eu le cran de faire face à deux gangsters et de les descendre ! Et voilà qu'un mec comme lui s'était laissé baiser comme un bleu, jusqu'à l'os ! Et maintenant il était mort. Ça lui apprendra à somnoler.

Bozo ne resta pas en contemplation. Juste derrière le bureau se trouvait une porte en bois peinte en vert et portant l'inscription : POLICE CRIMINELLE.

L'énorme carcasse de Bozo enfonça la porte qui vola en éclats comme du vulgaire contre-plaqué. Bozo fit irruption dans la grande pièce dénudée, meublée seulement de quatre chaises. Sur ces quatre chaises étaient assis quatre hommes tirés à quatre épingles. Sans avoir recours à la divination, juste avec ses yeux et son nez, n'importe qui se serait aperçu que c'étaient des flics. Ils en avaient la gueule et l'odeur. Bozo abrégea les présentations et les mit tout de suite à l'aise : il en toucha deux à la tête, un troisième au cou et le dernier en pleine poitrine.

Ils moururent comme sur des roulettes, pareil que dans un western.

Dans la pièce d'à côté se trouvait un sergent de la criminelle nommé Mubi Gobe Zan Tashi. En face de lui, sur un banc, était assis Steven Daniel Stephen, fils de Stephen Daniel Steven. C'était la salle d'interrogatoires, une vaste pièce dont les chroniqueurs judiciaires à venir ne manqueront pas d'évoquer les mémorables accessoires : une table, un banc et une lampe de table éclairant méchamment le banc. Le reste de la pièce était plongé dans une obscurité cosmique. C'était là que les as de la criminelle cuisinaient les suspects : meurtriers, cambrioleurs, souteneurs, escrocs, receleurs, trafiquants, voleurs, violeurs, massacreurs, contrebandiers, kidnappeurs et autres éléments indésirables. Les chances de la société étaient amenés ici avant d'être transférés au tribunal. Ici, dans un regrettable moment d'égarement, nombre d'hommes et de femmes avaient creusé leur propre tombe en laissant échapper une preuve de leur culpabilité.

L'homme assis au banc d'infamie était soupçonné de trafic de drogue. Tuyautée par un mouchard, la criminelle avait envoyé deux policiers en civil à sa base d'opérations. Ressortis bredouilles (Daniel était doté d'un pif surdoué, hypersensible à la flicaille), ils n'étaient malheureusement pas rentrés au bercail sur leurs deux jambes : en chemin ils se firent démolir dans les règles de l'art par quatre gorilles. Le moins mort des deux flics put se traîner jusqu'à l'hôpital d'où l'on envoya une ambulance chercher les abattis de son collègue. Quelques jours après, deux des agresseurs se firent pincer et finirent par avouer que la confiture de flics était signée Steven Daniel Stephen. Arrêté, ce dernier jura n'avoir jamais vu les deux lascars. C'était un sujet merveilleusement retors. Il rendait les policiers marteaux en faisant semblant de ne rien comprendre à rien. Mettons qu'on lui demande son nom.

— Mon nom ?

— Oui, ton nom, Ducon, à moins que tu ne le connaisses pas ?

— C'est mon nom à moi ou mon nom de famille que vous voulez ?

Le sergent Mubi, au calme légendaire, lui répondit :

— Le tien, Duchien.

— Mon père s'appelait Stephen Daniel Steven.

— Et toi, Durat ?

— On m'appelle Steven Daniel Stephen.

— Quelle est la différence ? demandait Mubi excédé.

— Eh bien, on appelait le vieux Danny. Danny Sparkle. Mais moi, on m'appelle Daniel. Comme Daniel dans la fosse aux lions.

— Alors Dan, bienvenue dans la fosse aux lions. Sais-tu que t'es fiché chez nous, Dan, le sais-tu ?

— C'est pas légal !

— Avant de causer légalité, parlons de tes saloperies.

— Je ne suis pas un criminel.

— Et nous, on n'est pas nés de la dernière pluie, alors ne joue pas les blanches colombes.

— D'accord, dit Daniel, d'accord, je suis un gangster. Prouvez-le.

— Un peu qu'on va le prouver !

— Allez-y, j'écoute.

— Tu vends de l'herbe et nous le savons, Dugazon.

— Je vends quoi ? De l'herbe à savon ?

Mubi sourit.

— Tu vends de la marijuana.

— Tout ça c'est des mots, il n'y a rien contre moi, pas un clou à soufflet. Vous avez fouillé ma baraque, et qu'est-ce que vous avez trouvé ? Peau de balle et balai de crin.

— Nous n'avons rien trouvé, Dunavet, mais nous avons découvert un truc.

— Je me mets à parler comme vous, on m'envoie à l'asile franco de port et d'emballage !

— Nous avons découvert que tu es recherché dans quatre autres États pour une jolie brochette de crimes. Ça t'en bouche un coin, Duboudin.

C'est à ce moment qu'ils entendirent les deux premiers coups de feu. La douce sérénité du lieu se brisa comme un vase en porcelaine dans un bordel chinois.

— Qu'est-ce que c'est ? demanda Daniel en jetant un regard désespéré sur ses menottes.

— Je vais voir, dit Mubi en armant son pistolet de service.

Bruit de porte brisée, coups de feu…

Il sortit de la salle au moment où Bozo déboulait du bureau de la criminelle. Une fraction de seconde, ils se foudroyèrent d'un regard haineux. Ils levèrent leur pistolet en même temps et firent feu simultanément.

Le choc du coup de Bozo arracha le pistolet des mains de Mubi qui fut projeté contre la porte de la salle d'interrogatoires avant de s'écrouler. En fait, aucune balle n'était sortie de l'arme de Mubi : dans sa précipitation, il avait oublié de la charger.

Bozo continuait à tirer comme un cinglé, crachant son venin dans le corps de Mubi. C'est bon d'être en vie, pensa-t-il, c'est bon de respirer et de sentir que tes poumons se remplissent comme la chatte moite d'une femme en chaleur.

Il enjamba le corps criblé de balles et pénétra dans la salle d'interrogatoires.

Il s'attendait à la trouver vide mais la vie est pleine de délicieuses surprises.

— Salut fils, c'est moi ! s'écria Daniel ivre de soulagement en reconnaissant Bozo. Eh, chef, c'est moi !

— Je vois bien que c'est toi, Dan de la fosse aux lions, dit Bozo. Mais dans mon évangile il n'y a pas de ségrégation.

— Pas de grégré-quoi ?

— Il n'y a pas de favoritisme. Je vais te tuer toi aussi.

— Mais Bozo…

— Je sais, je sais. Nous achetions l'herbe chez toi, hein ? Et alors ? On te doit un kobo ? Tu nous as déjà fait crédit ? « Le crédit ça tue le commerce, tu disais. Celui qui paye, je le sers. » Tu vas être servi, Dan, tu vas payer.

— Mais Bozo ! hurla Daniel, à genoux.

Bozo visa avec précision et appuya sur la détente. Le coup atteignit Daniel à la poitrine. Il piqua du nez et s'abattit par terre.

Bozo se précipita vers le bureau où gisaient fil de fer et gras du bide qui présentaient un cas intéressant d'homosexualité *post mortem*. Il farfouilla prestement dans leurs poches et trouva vite ce qu'il cherchait : un trousseau de clés.

Il revint au galop, passa devant la salle d'interrogatoires, fonça dans un couloir étroit et parvint devant deux blocs de cellules qui se faisaient face.

Là régnait un silence pur sépulcre. Bozo trouva vite la cellule qu'il cherchait et la clé qui l'ouvrait. Dedans se trouvaient quatre jeunes entre dix-huit et vingt-sept ans, sales et torse nu. En apercevant Bozo, leur visage s'assombrit.

— Frères, dit Bozo, une flamme dans les yeux, que meure la Bête immonde, que crève ce qui tue le monde !

L'un des jeunes, un assez beau garçon aux yeux tendres et au nez aquilin, qui ressemblait un peu à la popstar Mukaila Jafaru, dit :

— On a entendu des coups de feu, frère.

Il regardait avec inquiétude l'arme rutilante de Bozo.

— J'ai fait un peu de tir aux poulets, Kiss, dit Bozo en riant.

— T'en as descendu ?

— Quelques-uns. Sept ou huit, je ne sais pas exactement, je suis fâché avec les chiffres.

— T'aurais pas dû faire ça, Bozo, dit Kiss furieux, ils nous auraient libérés de toute façon !

— Oui, le jour où les chacals se brosseront les dents !

— Mais pourquoi, Bozo ? demanda Kiss avec anxiété. Pourquoi t'as fait ça ?

— Allez, grouillez-vous ! dit Bozo, ici le temps c'est de la mort.

D'une autre cellule, quelqu'un l'interpella :

— Eh, chef, donne-nous ces putains de clés, on a la liberté qui nous démange quelque part.

— T'as jamais entendu parler de Nelson Mandela ?

— Non, jamais, répondit l'homme.

— Dommage. Il faut que tu lises *Un long chemin vers la liberté*.

Bozo lança le trousseau de clés le plus loin possible des cellules et s'élança sur les pas de Kiss et des autres. Ils enjambèrent les poulets plombés et sortirent dare-dare du commissariat, direction la voiture.

Soudain ils se figèrent. Attirés par les coups de feu, un tas de gens se pressaient autour du bâtiment. Une petite foule.

Kiss était sur les dents. Il se tourna vers Bozo.

— Ça y est, ils vont nous faire notre fête !

— Ne vous inquiétez pas, mes frères, le vieux Bozo est là.

— Sûr qu'ils vont nous lyncher, fit Kehinde Modupe.

Ses yeux ne disaient rien. Comme morts. Âgé de peut-être vingt-cinq ans, il détachait les mots comme un juge prononçant une sentence de mort.

— Oui, j'ai comme l'impression qu'il y a de la justice populaire dans l'air, dit Odia Irabor, athlète imposant de vingt-sept ans.

Il avait un air décontracté, comme si se faire lyncher arrivait tous les jours.

— À votre avis, dit Moses Nkrumah, ils sont là pour nous décerner le prix Nobel ?

Tout maigrelet, Moses était ceinture noire de taekwondo ; il avait l'art de surprendre ses adversaires en leur faisant croire qu'il suffisait de lui souffler dessus pour qu'il s'envole.

— On se calme, les gars, Bozo va arranger tout ça, dit ce dernier avec un sourire jaune. Suivez-moi !

— C'est ce qu'on a dit à l'aveugle, dit Moses. Avant de le pousser dans le caniveau.

Il plaisantait mais Bozo se sentit un peu vexé.

— Me ferez-vous la faveur de fermer vos gueules de cons, s'il vous plaît ?

— Pardon, frère Bozo, dit Moses avec un sourire contrit. Vois-tu, je badinais…

— Si tu continues comme ça, toi, mon coco, tu ne feras pas de vieux os.

— Que monsieur daigne me pardonner.

Moses avait un caractère volcanique, et il

était à ce moment au bord de l'éruption. Ç'aurait été idiot, bien sûr, mais pour exploser de rage le moment le plus mal choisi est toujours le plus agréable, tous les volcans vous le diront.

— Ferme-la, tu veux ? fit Bozo. Si t'as envie de te suicider, attends des jours meilleurs.

La foule s'électrisait. On entendait ici et là les mots « voleurs en fuite ». Bozo savait qu'il fallait agir vite. Il s'avança en montrant bien le Colt.

— Mes bien chers frères, mes bien chères sœurs…

Tiens, ça lui rappelait le bon vieux temps, quand il faisait ses sermons sur la place du marché devant tous ces rétrécis de l'âme qui se fichaient bien que le monde s'écroule s'ils avaient réussi à gagner trois sous en revendant une vieille poule au bout du rouleau.

Cette foule de plus en plus excitée commençait à lui transmettre son jus – comme du concentré de piment dans le sang.

— … écartez-vous, poursuivit-il, écartez-vous et laissez passer cette voiture que voilà. Voleurs, nous ne le sommes point, et mensongers sont les murmures qui l'affirment. Nous sommes des gens ordinaires, comme vous, et comme vous victimes de l'injustice. Livrez-nous passage, mes frères, nous ne ferons de mal à personne…

« Nous ne ferons de mal à personne », c'étaient les mots miracle, il le savait. À condition de les dire avec un pistolet à la main.

En moins de rien la foule se transforma en une colonie de fourmis effrayées, et, pareille à la brume matinale, elle s'évapora comme par enchantement.

— Maintenant, mes bien chers frères, dit Bozo, que mouvant, actif et dynamique soit votre cul.

— Mais où allons-nous ? demanda Odia. En ville ça va sentir le poulet enragé maintenant.

— Allez vous faire foutre où vous voudrez, s'impatienta Bozo. À Badagry ou à Elmina Castle, mais ne restez pas ici.

— Tu viens avec nous, c'pas ? demanda Kehinde.

— Non.

— Comment non ? Tu fais une croix sur tes abattis ? Tu mets ta viande aux enchères ?

— Je ne pars pas avec vous, mes frères, dit Bozo en s'excusant presque. D'ici demain ma photo sera diffusée partout.

— Mais tu les as tous liquidés, protesta Kiss. Personne ne t'a vu.

Bozo eut un sourire triste.

— Les autres encagés m'ont vu, et tous ces gens aussi. Je te parie n'importe quoi qu'ils vont bricoler un portrait robot de moi plus vrai que nature.

— Tu dérailles, insista Kiss. Je connais un mec à Jos qui peut te cacher jusqu'à ce que le soufflé retombe.

— Jamais ne retombe un soufflé quand il est au poulet.

— Tu pourrais quitter le pays, suggéra Kehinde.

— Non, je ne vais pas partir. Même si j'avais de l'argent, je ne partirais pas. De toute façon j'en ai pas.

Il y eut un silence gêné. Aucun d'eux ne pouvait se résoudre à regarder Bozo.

— Allez, mes frères, dit-il enfin en essayant un sourire qui se changea en grimace. Vous feriez mieux de filer.

— Bon, dit Kiss en l'embrassant avec les larmes aux yeux. Je vais conduire.

L'un après l'autre, ils embrassèrent Bozo, figé comme une statue.

Le dernier fut Kehinde qui lui dit en desserrant son étreinte :

— Tout à l'heure, Kiss t'a posé une question.

— Je ne veux pas reparler de ça.

— Mais pourquoi ?

— Pourquoi quoi ?

— Pourquoi tu as fait ça ?

— Peut-être par devoir.

— Arrête tes conneries.

— Je ne pouvais pas rester à déguster des glaces pendant que vous vous desséchiez le cul derrière des barreaux.

— Tu aurais pu nous payer un avocat.

— Gani Fawehinmi en personne n'aurait rien pu faire pour vous.

Kehinde hésita avant d'ajouter :

— Pourquoi tu pars pas avec nous ?

— Tu veux vraiment le savoir ? Eh bien, peut-être parce que je ne crois pas pouvoir continuer à vivre avec les meurtres de ces pauvres types sur la conscience.

— Pourquoi tu les as descendus, alors ?

— Oh, ne te fais pas d'idées : j'avoue que ça m'a fait plaisir.

— Tu vas te rendre ?

— Ah, bon Dieu, ça non ! Tu connais pas

Il reprit le livre de Fanon.

— Et après ? demandai-je avec impatience.

— Oh, répondit-il d'un air las, je crois qu'ils se sont mariés.

— Vous croyez ?

— Ma foi, les gens leur donnent du monsieur et madame.

— Alors ils sont mariés.

Maude se leva subitement.

les flics ! Me rendre ? C'est bien la dernière chose que je ferais ! Ils ne m'auront que mort.

— À un de ces jours.

Kehinde fit un terrible effort pour prononcer ces mots. Il sentait qu'il ne reverrait plus Bozo. Il se hâta vers la voiture, l'air tellement accablé que Moses lui demanda :

— Qu'est-ce que tu as ?

— Ma femme vient d'avoir des jumeaux.

Kiss au volant, la voiture démarra en pétant des flammes. Ils ne firent aucun signe d'adieu à Bozo.

En plein cagnard, il regardait le pistolet dans sa main. C'est drôlement bon d'être en vie, pensa-t-il. Et c'est chouette de voir mourir un type qu'on déteste. Puis il hurla :

— J'ai vaincu le système !

Il emboucha alors le canon du pistolet et pressa la détente. Sa dernière pensée fut pour un verre d'eau.

Son corps heurta le sol avec un bruit sourd. Le « système » l'avait vaincu.

FIN

crit. Quant à moi, je m'étais resservi pour la quatrième fois. L'une des meilleures salades de ma vie, je dois dire, mais je ne l'aurais pas forcément conseillée à un grand gastronome.

La vaisselle terminée, je rejoignis M dans le salon. Il feuilletait un exemplaire dement annoté des *Damnés de la te* Frantz Fanon. J'eus l'audace de lui en livre des mains. Un instant, il parut

Cinquième partie

PAR LES FENÊTRES OUVERTES, le ciel où pal-
pitaient mille mondes lointains jetait du
bleu dans la pièce à peine éclairée. Étoiles éparpillées telle une volée de grains de pop-corn
collés au plafond. La lune ressemblait à un ballon de foot qui aurait oublié de redescendre.

Le jazz sautillait à travers la pièce, rebondis-
sait sur les murs comme un invisible diablotin.
Maude avait coupé le son de la télé et les chan-
teurs se taisaient à pleine bouche – des poissons lyriques. Il se resservait de la salade qu'il
avait ourdie pendant que je lisais son manus-

front plissé tel un barrage sur le point de céder, puis, voyant mon sourire malicieux, il se radoucit.

— Qu'est-il arrivé à Kiss et compagnie ? lui demandai-je en m'asseyant à côté de lui.

Il haussa les épaules :

— Devine. Personne ne le sait. Pas même la police. En fait, elle a classé l'affaire.

— Et Maria ? Que s'est-il passé ensuite entre vous ?

— Eh bien, nous n'avons pas vécu heureux comme dans un roman à l'eau de rose. Quand nous nous sommes connus, elle habitait Lagos depuis un mois. Son boulot de barmaid, c'était son premier emploi ; elle comptait bien le conserver jusqu'à ce que les choses se tassent, et puis j'ai fait mon entrée en scène et j'ai fait foirer le programme. Nous sommes tombés follement amoureux, je l'ai mise enceinte et elle a fait une fausse couche. Ensuite je ne l'ai plus jamais revue.

— Elle s'est enfuie ?

— Non, c'est moi. Son patron est revenu de Copenhague ou de je ne sais où avec une grippe. Une fois guéri, il a estimé que, parmi ~~on personnel, c'était la~~ ~~lente~~

— À leur mariage, j'étais Leroi.

— Ah ? Vous n'étiez pas le marié mais vous étiez le roi au mariage de votre petite amie ?

— Oui, c'est ça. Ils m'ont fait jeter dehors avant la fin de la cérémonie.

— Ils vous ont fait jeter dehors ? Vous le roi du mariage !

— Quel roi du mariage ? Bon, il faut que je t'explique : je changeais souvent de nom et à cette époque je me faisais appeler Leroi.

Décidément, il avait le sens de l'humour, le bougre !

— Je crois qu'il est temps que je parte, dis-je en me levant.

Je venais de me rappeler que j'avais rendez-vous avec Yau au poulailler de l'école.

— Merci pour le dîner et pour l'histoire, ajoutai-je. Je vous promets le motus absolu.

— Reviens quand tu voudras, dit-il avec un sourire bienveillant en me raccompagnant jusqu'à la porte.

Au moment où j'allais sortir, il lança avec négligence :

— Au fait, je dois te dire quelque chose.

— Oui ?

Il me fit signe de rentrer.

— Il y a un mot que je vous ai entendu employer en classe, je crois que c'était « requindavrilologie ». Qu'est-ce que ça veut dire au juste ?

Cette question inattendue me surprit, mais par une sorte de réflexe dissimulateur que j'avais acquis, une habitude de cacher mon jeu en toute circonstance, je n'en montrai rien. Je lui répondis :

— Ça vient de « requin d'avril ». La « requindavrilologie » c'est la science qui consiste à inventer des poissons d'avril particulièrement mordants.

— Très ingénieux, dit-il, rayonnant.

— Merci, m'sieur, si vous le dites, répondis-je en omettant de préciser que l'expression n'était pas vraiment de nous : nous l'avions trouvée dans un magazine étranger. Mais en fait, ajoutai-je, nous ne nous permettons jamais de très méchants tours. Rien de cruel ou de sanglant. Nos requins d'avril ne mangent pas d'hommes.

Une main affectueusement posée sur mon épaule, il me poussait avec douceur vers la porte.

— Et si je te disais que toute cette histoire n'est qu'un requin d'avril ? Qu'en dirais-tu ?

Je le regardai, interloqué.

— Eh bien, que vous vous êtes trompé de date. Ce n'est pas le premier avril. Pas du tout du tout du tout…

Il continuait à sourire.

— La date a-t-elle de l'importance ? Remarque bien que ce n'était pas prémédité. En réalité, c'est toi qui as tout provoqué avec ta soif d'extraordinaire. Comme n'importe quel weekendiste de Lagos, tu n'as d'yeux que pour le sensationnel.

Complètement soufflé, je ne savais plus comment réagir. Mon sourire fondit comme une glace au soleil.

— Pardon, m'sieur ?

— J'essaie simplement de te faire comprendre, Lakemfilus, que cette histoire que je t'ai racontée et ce manuscrit sont de la pure fiction. Ils ne contiennent pas un grain de vérité, pas une once de réalité. Tout est *made in* Imagination. Ces pages font partie d'un roman écrit par mon jeune frère. Il me l'avait envoyé pour que je le fasse publier, mais le corps de l'œuvre s'est perdu en route, mystérieusement. Quelqu'un a touché au paquet. Je me demandais que faire, que dire à Beso – c'est le nom de mon frère – quand tu es arrivé ce matin avec ta curiosité de chien fou, alors ça a fait « tilt » dans ma tête, j'ai trouvé la solution au problème. J'allais réécrire le roman. Retravailler le manuscrit, le remanier entièrement, puis en envoyer un exemplaire à Beso et l'autre à un éditeur. Je dois reconnaître que tu as été un excellent public pour cette première.

Mon cœur battit au moins une centaine de fois sans que je puisse articuler un mot. Je m'étais fait avoir en beauté, c'était très nouveau pour moi. L'espace d'un instant, je haïs presque cet homme.

— Vous avez un frère ?

Il fit oui de la tête.

— Et une sœur aussi ?

Re-oui de la tête.

— Alors l'histoire de votre mère qui faisait le trottoir et qui est morte du cancer, c'était aussi du flan ?

Il fit encore signe que oui.

— Et Bozo Macika ? Et le Mouvement ?

— Nés de la cervelle de Beso.

— Et Maria ?

— Sortie toute frétillante du stylo de Beso.

— Elle aussi ? Elle n'a jamais existé ?

— Jamais, du moins pas à ma connaissance.

La lune était suspendue haut dans le ciel comme un ballon de foot.

— Je tremble, dis-je.

— C'est vrai qu'il ne fait pas chaud, ce soir.

— Ce n'est pas de froid que je tremble.

— Ah ?

— Mes mains tremblent toujours quand j'ai envie de mettre un œil au beurre noir à quelqu'un.

— Je présume que la vie scolaire a fragilisé tes nerfs, déclara-t-il d'un ton professoral.

— Je donnerais cher pour pouvoir mettre une grosse tête à une certaine petite personne, dis-je poliment.

— Nerfs trop tendus. Tension nerveuse.

— Ce serait plutôt la rage, selon moi.

Il me regarda en plissant les yeux, et, d'un ton mélodramatique :

— Ôte-moi d'un doute Lakemfilus : as-tu une petite amie ?

Je n'en avais pas, mais pas question de le lui avouer. Je lui répondis avec hargne :

— Chacun a sa chacune, pourquoi pas moi ? Et qu'est-ce qu'elle a à voir là-dedans ?

— Mon ami, la tension nerveuse nuit à la santé. Sors ce soir avec ta chacune et libère-toi de cette tension.

Je mis un moment à comprendre, puis je répondis avec calme :

— Elle est vierge.

Maude fit trois pas en arrière, me laissant sur le seuil. Avant de me fermer la porte au nez, il dit :

— La virginité n'est pas une maladie incurable, Lakemfilus. Dis-le à ta petite amie. Bonsoir.

La porte claqua.

Tandis que je me hâtais, regardant les étoiles et arrachant des herbes au passage, je pensais aux mille et une choses qui me dépassaient. Mais une voix intérieure murmurait : « Ne t'acharne pas à comprendre. Laisse s'approcher de toi la compréhension. » Alors j'éclatai de rire. Je ne sais pourquoi mais j'éclatai de rire.

En arrivant, je riais encore. Yau et moi, nous devions nous retrouver derrière son dortoir, plus proche du poulailler que le mien.

— Bravo ! lança Yau en regardant une montre imaginaire à son poignet. Tu as exactement deux heures de retard.

— L'accusé sollicite la clémence du tribunal, Votre Honneur, considérant qu'il s'agit pour lui d'une première comparution…

Je me coiffai d'une perruque imaginaire. Yau alluma une cigarette fripée.

— Vous avez bien dit une première comparution, maître ? Je vous conseillerais de ne pas insulter à la sagacité de la cour. Nierez-vous que votre client ait déjà été jugé et condamné par ladite cour, voilà un certain temps, à un certain nombre de minutes de prison pour avoir transformé certains biens du lycée en argent de poche personnel ?

— Objection, Votre Honneur : mon client n'a été condamné qu'à un certain nombre de secondes, et non point, ainsi que l'a affirmé Votre Honneur, à un certain nombre de minutes.

— Accordé. Néanmoins, notre clémence passée n'est pas un argument à la décharge de votre client pour les faits à lui reprochés ce jour d'hui.

— Nous vous le concédons, Votre Honneur. Mais je maintiens que c'est la première fois que mon client comparaît devant ce tribunal pour ce délit.

— La cour pourrait-elle savoir pourquoi la défense s'obstine ainsi dans sa position ?

— Certainement, Votre Honneur : s'il est vrai que par le passé mon client fut reconnu coupable de fraude, aujourd'hui ce n'est pas sous ce chef d'accusation qu'il ramène sa fraise, mais pour corruption. N'ayant jamais été jugé pour ce motif, nous demandons à la cour de le considérer comme contrevenant à la loi pour la première fois.

Brusquement je m'interrompis. Nous avions si souvent joué à ce jeu...

Yau me donna la cigarette.

— Bon, maintenant faut se grouiller, mon vieux. Le poulailler ça tient toujours ?

— Non, répondis-je en aspirant la fumée.

— Hein ? !

Sa bouche resta grande ouverte comme celle d'un serpent en colère.

— Tout ça c'est fini, voilà. J'en ai marre de piquer des livres à la bibliothèque, de faire des razzias à la ferme de l'école, de faucher des ventilateurs pour les revendre en ville... Ras la calebasse, de tout ça. Je veux changer, Yau. Le système est pourri. Je refuse de hurler avec les loups, de marcher avec les pourrisseurs. Je veux faire partie de ceux qui ont décidé d'assainir la baraque, et pour ça, je dois être propre moi-même.

— Ça alors, fit Yau en levant les yeux au ciel, voilà qu'il se met à prêcher ! Ce n'est pas toi qui, pas plus tard qu'hier, fantasmais sur ton jet privé si jamais tu devenais ministre ?

— Eh ben j'ai changé d'avis, c'est mon droit, non ? J'ai renoncé au ministère et au jet privé. Je veux désormais vivre selon la loi de ma conscience.

Yau me regarda de façon bizarre.

— Sérieux, tu ne viens pas au poulailler avec moi ?

— Non. Et toi non plus tu n'y vas pas.

Ces mots étaient sortis de ma bouche malgré moi.

— Allez, rigolo, à tout à l'heure, dit Yau en s'éloignant.

Je ne bougeai pas.

— Ne va pas au poulailler, Yau. Sinon je le dirai.

Il resta cloué sur place, les narines frémissantes de colère.

— Non mais j'hallucine ou quoi ? aboya-t-il. Toi, me dénoncer ? Et tu t'imagines que si tu fais ça, moi je dirai rien ? Et tous les coups qu'on a faits ensemble ? Tous les poulets étranglés et rôtis ? Les chèvres vendues à la gargotière ? La pendule du labo de physique disparue par magie ? Les ventilateurs... Tu veux que je continue ?

Je haussai les épaules.

— Je m'en fiche pas mal de ce que tu pourrais dire. Ce que je sais c'est que ce soir tu ne t'approcheras pas du poulailler. Ni toi ni personne. Essaye un peu, tu verras si le sous-directeur ne te fait pas faire ton baluchon illico. Je sais que moi aussi je devrais faire mes bagages, mais je m'en fous. Allez, vas-y au poulailler, tu verras...

Yau se mit à ricaner en me donnant des tapes dans le dos.

— Maintenant je comprends pourquoi tu avais disparu aujourd'hui. Tu t'es fait laver le cerveau, c'est ça ? J'ai raison ou je ne me trompe pas ?

J'écrasai rageusement mon mégot.

— Arrête de dire n'importe quoi. Ne t'approche pas du poulailler si tu ne veux pas avoir d'ennuis, c'est tout.

Yau me regarda longuement, très longuement, avant de me dire :

— D'accord, Lakemf, bonsoir.

— Bonsoir, Yau.

Il partit comme s'il fuyait un chien enragé.

Je restai planté là. La solitude ne m'avait jamais approché d'aussi près. Une tendre, une affectueuse vieille hyène galeuse.

— Yau ! criai-je.

Il s'arrêta sans se retourner, dressant l'oreille.

— J'espère que nous resterons amis.

Il fit demi-tour et revint vers moi. Ses yeux exprimaient une gravité que je n'avais jamais vue chez lui. Il parla à voix basse.

— Écoute, Lakemf, j'ignore quelle métamorphose tu as subie et dans quelle mesure tu es sérieux. Mais si tu l'es autant que je le pense, laisse-moi te dire que tu as un dur chemin à parcourir. Un dur chemin solitaire. Archisolitaire même. Tu veux suivre la voie de

Fela ? De Gani ? De Rodney ? Tu seras seul, encore seul et toujours seul. Celui qui ose, tous les lâches sont contre lui, c'est-à-dire presque tout le monde. Les purs, on se torche avec. Ce que tu veux faire, c'est la tâche la plus ingrate qui soit. Tu seras comme le vautour qui doit porter jusqu'au sommet du ciel aride le sacrifice de la pluie, – monter, monter, monter, – et s'il parvient jusqu'à Dieu, et si Dieu accorde la pluie, alors il lui faudra redescendre sous les trombes d'eau qui l'épargneront encore moins que la traversée des déserts célestes. Tu seras comme si tu revenais du diable, puant la merde et le soufre. C'est ça que tu veux ? Que tout le monde se détourne de toi en se bouchant le nez ?

Un frisson me parcourut.

— S'il doit en être ainsi, ça me va. Tu me passes une autre clope ?

Yau sortit une cigarette de sa poche et me l'alluma. Nous nous redîmes bonsoir et il disparut. Je restai seul dans la nuit en tirant doucement sur ma cigarette. Que se passait-il dans la lune ? Je voyais des lignes, des bras, des jambes, des baisers – deux amoureux…

Je décidai de me rendre dès le lendemain matin chez le sous-directeur et d'avouer tous les crimes que j'avais commis avec Yau depuis que nous faisions équipe. Je ferais des aveux complets. Mais je ne citerais pas son nom.

Aucune raison à ça.

Je voulais tourner la page. Renaître de mon caca. Être neuf, propre et léger.

Je me demandai quelle serait la réaction de mon père quand il apprendrait ce que j'ai fait.

Il risquait la crise cardiaque. Comme le père de Yau, c'était un illustre avocat.

Ma cigarette aux lèvres, je me dirigeai paisiblement vers le dortoir en enviant les deux amoureux sur la lune.

Glossaire
des expressions locales

Au Nigeria, il existe, à côté du pidgin, de nombreuses langues locales. Le roman de 'Biyi Bandele-Thomas emprunte des expressions notamment au haoussa, au yoruba et à l'ibo.

AKARA : haricots.

BUKATARIA : mot nigérian pour gargote.

DANBURUBANKA : juron haoussa.

FULANI : peuple nomade ouest-africain.

FULFULDE : peuple nomade ouest-africain se déplaçant avec du bétail.

FURA DE NONO : boisson FULFULDE à base de lait et de millet.

GARRI : plat typique du Nigeria.

GHA-NIGÉRIAN : Nigérian dont le père ou la mère est originaire du Ghana.

GOBE DE NISA : expression haoussa qui veut dire littéralement : « demain est trop loin » et qui désigne le cobra venimeux.

HARMATTAN : ici la saison la plus froide, de décembre à janvier.

ISKA : mot haoussa pour « vent ».

KOBO : unité monétaire nigériane (100 kobos = 1 naira).

KULIKULI : sorte de gâteau.

MACHIJI : mot haoussa pour « serpent ».

MOLUES, BOLEKAJA : mots yoruba pour les grands autobus qui, à Lagos, servent de moyen de transport en commun.

NAIRA : unité monétaire nigériane (1 naira = 100 kobos).

OGOGORO : sorte de gin africain.

OKRA : légume utilisé dans la préparation des potages.

ROGON-MAZA : oiseau paresseux, mot haoussa désignant un oiseau qui ne peut voler que pendant quelques secondes.

SUYA, TSIRE : viande à la broche.

TUWO DE MIYAN KUKA, TUWON SHINKAFA & TUWON DAWA : plats haoussa à base de riz ou de millet.

Table

Agone Éditeur, BP 2326
F-13213 Marseille cedex 02

Comeau & Nadeau Éditeurs
c.p. 129, succ. de Lorimier
4535, avenue de Papineau
Montréal, Québec H2H 1V0

Achevé d'imprimer en septembre 1999 sur les presses
de l'Imprimerie France Quercy
BP 49, F-46001 Cahors cedex

Distribution en France : Les Belles Lettres
95, Bd Raspail, 75006 Paris
Tél. 01 44 39 84 20 – Fax. 01 45 44 92 88
Diffusion en France : Athélès
Tél. - Fax. 01 43 01 16 70
Diffusion-Distribution au Canada : Prologue
(450) 434 03 06 – (800) 363 28 64

Dépôt légal 3ᵉ trimestre 1999
Bibliothèque nationale de France
Bibliothèque nationale du Québec
Bibliothèque nationale du Canada